无处安放

张爱玲文学价值重估

许子东／著

陕西新华出版传媒集团
陕西人民出版社

图书在版编目（CIP）数据

无处安放：张爱玲文学价值重估／许子东著．—西安：陕西人民出版社，2018
ISBN 978-7-224-12994-6

Ⅰ．①无… Ⅱ．①许… Ⅲ．①张爱玲（1920-1995）—人物研究 ②张爱玲（1920-1995）—文学研究 Ⅳ．①K825.6 ②I206.7

中国版本图书馆CIP数据核字(2018)第272479号

总 策 划：宋亚萍
责任编辑：刘景巍　王颖华
封面设计：哲　峰　白　剑

无处安放
——张爱玲文学价值重估

作　　者　许子东
出版发行　陕西新华出版传媒集团　陕西人民出版社
　　　　　（西安北大街147号　邮编：710003）
印　　刷　中煤地西安地图制印有限公司
开　　本　787mm×1092mm　1/32
印　　张　8
字　　数　94千字
版　　次　2019年4月第1版
印　　次　2019年4月第1次印刷
书　　号　ISBN 978-7-224-12994-6
定　　价　39.00元

如有印装质量问题，请与本社联系调换。电话：029—87205094

序

我第一次写文章评论张爱玲，是在一九九一年秋冬。

一九八九年我在芝加哥大学做鲁思基金会（Luce Foundation）的访问学者，次年到加州大学洛杉矶分校（UCLA）重新读书。有一门题为“女性主义与中国现代文学”的讨论课，用周蕾（Rey Chow）当时很红的一本讨论女性主义和现代性的著作[①]做参考书，张爱玲是重点。因为李欧梵教授的主持，东亚系当时吸引了很多学生学者[②]。加州大学洛杉矶分校以优美出名，常被好莱坞用作外景，但学生停车场却在学校南门外，停车后要爬坡走二十多分钟才到教学楼。何况停车费很贵，所以那时我和其他一些同学就把车停在大学南面数公里的 Westwood 和 Rochester 路口，在路边免费泊车，然后再坐一美金巴士直接到北校区。那时我正在构思一篇论文——《张爱玲小说与上海小市民社会》[③]。我一向有走路、骑车或开车打腹稿的习惯，日后经过某一街角路口的建筑，常常还会触景忆及一些曾在此苦思冥想的观点甚至句子。很多次，我一边在想论文题目中的“小市民社会”应该怎么翻成英文[④]等细节，一边在那个街口找空车位，有时要在路口转来转去好几圈，街边的房子、超市、复印店等都已很熟悉……

万万没有想到，几年以后我看见《华丽与苍凉》[⑤]里的照片，原来张爱玲最后的住所就在 Westwood 和 Rochester 那个街口！她用的复印店，她寄书的邮局，就是我写论文时常常去的地方……我后来才知道，她死得很凄凉，死了几天以后才被人发现，房间里没有家具。她晚年有时连租房押金都付不起。洛杉矶是一个汽车社会，站在街上，所有的车在你身边飞驰而去，没有车简直像是“次等居民”。可是最后二十年，张爱玲在洛杉矶生活没有汽车。我很难想象——我们当初在大学里讨论她的作品，知道她隐居着，连李欧梵、郑树森也找不到她。我们以为她隐居在比华利山庄或者圣塔莫尼卡海边。没想到她晚年为了躲避所谓的“虱子”到处搬家，连汽车旅馆也住。“生命是一袭华丽的袍，长满了虱子”，早年的象征晚年竟成写实。后来我碰到了曾参加她丧礼并在海上撒她骨灰的南加利福尼亚大学的张错教授，张错说：“许子东，你就算在街上见到了她，你也不会认识。她戴一顶假发，穿一双最便宜的2.99美金的塑胶拖鞋。美国人说法就是，说难听一点，在超市门口摔跤了你也不敢随便去扶的老太太。”我们记得，张爱玲当年的口号是“出名要趁早”，她的一生追求华丽。二十世纪九十年代，她名满中文世界，为什么要这样自我放逐，在洛杉矶这样一个城市，放逐到一个可以说是自绝于世的境地？

胡兰成（一九〇六至一九八一）的话常不可信，但这一句却夸张得不无道理。他说站在张爱玲跟前，就是最豪华的人也会感受到威胁，看出自己的寒碜。⑥

从一九九一年至今已经二十年，我所写的有关张爱玲的文章，只有十篇，其中四篇是学院格式的论文，三篇是讨论学术问题的文章，另三篇是学术讲座，或事后整理或现场录音。放在一起看，我对张爱玲的兴趣，或者说“研究角度”却是一贯的：那就是关注张爱玲的文学史意义，探讨张爱玲与二十世纪中国文学发展的关系。

这固然与我的学术训练背景有关，但也基于我对张爱玲研究的一个整体观察。我以为过去二十年，海峡两岸及香港对张爱玲的评论，看似十分热闹，《张爱玲论》《张爱玲新论》《阅读张爱玲》《再读张爱玲》《重读张爱玲》等等，仅在书名上避免重复就很难。作品销量、盗版现象和影视改编票房情况都在显示“张迷”之多，“张爱玲学”（郑树森语）

已在现代文学研究界成为一门“显学”。但是，在讨论张爱玲的文学史地位等基本学术问题时，海外、中国台湾、中国香港和中国大陆学界其实有很大分歧。作为单独一个作家，张爱玲的文学成就毋庸置疑，其文学技巧普遍被称赞和模仿，张爱玲研究有很多不同角度的细致深入探讨，政治干扰、双语写作、男女战争、服饰插画，乃至胡张恋、父母情、亲戚网、文友圈等等，都已有大量论文做出种种详尽细微的文学与史实的对照、挖掘、考证、索隐……但是，如果将张爱玲放到周作人、郁达夫、茅盾、老舍、沈从文、钱锺书、闻一多、丁玲等人构成的文学史语境中去呢？她是文学史上的一个例外、一个异数，还是一个被时代逐渐放大的支流，甚至是鲁迅之后的又一个神话？按黄子平的说法，张爱玲是一个在“‘五四’主流文学史无法安放的作家”⑦。

在夏济安把夏志清的《中国现代小说史·张爱玲章》译成中文以后，张爱玲在中国台湾的文学影响就可以和鲁迅在中国大陆的地位相比较了。李欧梵将张爱玲作为讨论二十世纪三十年代“上海摩登”的重要证据。王德威称张爱玲为“祖师奶奶”，并整理出一系列后来者的家谱。白先勇回忆和张爱玲同桌用餐的经历，十分自豪。施叔青、李昂等也皆以学习张腔为荣，作家苏伟贞甚至成了张爱玲的研究者，朱天文、朱天心姐妹的“爱张及胡”更令世人惊奇感佩。总体来说，中国台湾和海外的“张学”倾向于将张爱玲视为“五四”以来文学史上的一个例外。夏志清认为她的创作“绝对不受左派小说模式的影响”⑧。而我的一个研究方向，就是不仅仅将“影响”狭义地理解为“模仿”“跟随”“遵命”，同时也包括“刺激”“制约”“对话”“挑战”等因素。换言之，我要讨论的，正是张爱玲的创作与现代文学潮流之间的应对和反叛关系。

张爱玲被列为台湾经典作家，但其实她在台湾的日子屈指可数，所以在中国台湾的文学地位不无“安放”的困难。张爱玲来过香港多次，生活了好几年，且每次在香港的经历都对她的创作有重要影响。吊诡的是，生活在香港的时候，她的作品都不是写香港，而是写她陌生的乡土或大海。反而离开了香港，在上海，在美国，她却在生命的很多不同阶段，用不同语言、不同文体反反复复不厌其烦讲述她的香港生活和香港故事：港大宿舍，日军攻城，浅水湾，湾仔市场……“张爱玲与香港”，是我计划中的一个课题。香港其实还一直是张爱玲作品流通的一个港口，夏志清写作《中国现代小说史》时就是依据《传奇》的一个香港版本（盗版?)，二十世纪六十年代初刘以鬯的长篇小说《酒徒》里已有对张爱玲文学成就的很高的评价。直到近年《小团圆》及《雷峰塔》《易经》中译本以及张爱玲与宋淇夫妇的通信等也都在香港率先出版。我在《张爱玲与香港的纯文学及流行文学》一文中讨论过，为什么张爱玲对香港文学影响深远：第一，迷恋都市，而香港文学本质上就是都市文学，与多数中国现代作家总要在乡土安身立命有很大不同；第二，现代主义与旧白话的结合，香港较早系统地引进现代主义文学理论（一九五六年《文艺新潮》），又具较多“鸳鸯蝴蝶派”旧白话土壤，故容易出现从旗袍袖口花边剪出的现代主义；第三，是两个层面的“市民趣味”，既不回避通俗感性商业包装，更对小市民生活有历史价值的理性肯定；第四，则是复杂的女性感官，既是女性主义立场，以“常人的文学”对抗“五四”“超人的文学”，表现人类的妇人性与神性，又是从世俗趣味角度批判女性弱点，同情女人弱势。虽然，近年越来越倾向本土化的香港文学研究，可能并不认为张爱玲是香港作家，但至少对我来说，香港是我阅读张爱玲的一个重要出发点：这本书里的大部分文章均是在香港写成的。

我在岭南大学多年来一直主讲中国现代文学史，大部分时间每周要讲一位或几位作家，只有三位作家会占用两周时间——鲁迅、沈从文和张爱玲。十多年前，在发给同学们的讲座提要中有一段关于张爱玲文学史地位影响的简单概括：

一、用“旧白话”（《红楼梦》《海上花列传》技法）写出现代主义精神：华丽与苍凉。

二、以俗文学方式写作纯文学：大雅之俗。

三、批判女人弱点的女性主义创作。

四、尝试华文文学的三种基本模式：在中国用中文写作，在海外用中文写作，用外文写中国故事。

简而言之，在历史观、语言和抒情方式等三个方面对忧国忧民、启蒙救世的“五四”新文学主流构成某种对话和挑战，并成为中国大陆现代文学与中国台湾文学、中国香港文学之间的重要桥梁。

今天回头来看，这个提纲虽然粗疏简单，却也一直是我这本书的研究起点和核心课题。

二〇一一年七月十五日

注释

①*Woman and Chinese Modernity: The Politics of Reading Between West and East* (University of Minnesota Press, 1991). 周蕾的另一本书 *Primitive Passions: Visuality, Ethnography, and Contemporary Chinese Cinema* (Columbia University Press, 1995) 有中文译本《原始的激情——视觉、性欲、民族志与中国当代电影》(台北：远流出版公司，2001 年)。

②当时参加讨论课的同学现在大都在海内外任教，成就斐然，如孟悦（加州大学尔湾分校），汪晖（清华大学），史舒美、王超华（加州大学洛杉矶分校），黄心村（威斯康星大学麦迪森分校），王斑（斯坦福大学），陈建华（香港科技大学）等。

③其中一部分后来用中文发表，即《一个故事的三种讲法》。

④现代汉语中“小市民”泛指“城市中占有少量生产资料或财产的居民。一般属小资产阶级”

（《辞海》，上海：上海辞书出版社，1989 年，第 1251 页）。但据毛泽东《中国社会各阶级的分析》，“小资产阶级”还包括农民，“如自耕农，手工业主，小知识阶层——学生界、中小学教员、小员司、小事务员、小律师、小商人等都属于这一类。”同时，毛泽东又认为小手工业者、店员和小贩等又和贫农一样属于“半无产阶级”（《毛泽东选集》第一卷，北京：人民出版社，1996 年，第 5—6 页）。可见“小市民”一词，虽然今天在知识分子笔下或出自小市民之口，多少有点负面含义，但“小市民社会”的阶级属性及历史作用，却是更复杂的问题。所以我在论文题目上没有将“小市民社会”译为“Urban Petty Bourgeois”，而音译为“Xiaoshimin Society”。这里牵涉我对张爱玲有关“小市民”言论的解读方法。

⑤《华丽与苍凉》，香港：皇冠出版社，1996 年。

⑥胡兰成：《论张爱玲》，原载《杂志》月刊，上海：1944 年第 2 卷第 3 期。

⑦刘绍铭、梁秉钧、许子东编：《再读张爱玲》，香港：牛津大学出版社，2001年，第60页。

⑧ "She is absolutely uninfluenced by the leftist modes of Chinese fiction……" C. T. HSIA：*A History of Modern Chinese Fiction*, Yale University Press, 1971, p. 397.

目录

张爱玲晚期小说中的“爱情故事”

一

放在文学史上看，我以为《小团圆》至少有四层意义。

一是张爱玲研究的重要资料。尤其是胡张恋，以前只有《今生今世》一个胡版，现在终于有了“张看”的角度。有些细节几乎一致，如张在温州为范秀美作画半途而废，如分手时搂住脖子深情绝望唤“兰成”。这些细节很难杜撰，可能确有其事，也可能小说参照了胡兰成的自传。但也有很多“罗生门”的地方。当然小说并非史实，只能做参考。小说中所写的九莉的另一男友燕山，据宋淇信中所言是电影导演桑弧。[1]但桑弧对他与张爱玲的关系一向保持沉默。小说情节有多少是事实，多少是记忆和感觉，值得考察。海内外现在已有不少研究者将小说故事与作家生平细细对照。张爱玲与宋淇、邝文美自二十世纪五十年代起通信六百余封，整理校注出版后，当为“张学”重要资料，会给研究者提供新的角度、证据和新的困惑、挑战。

第二，《小团圆》也确立了张爱玲的晚期风格。以前的张爱玲研究，通常只看到她上海时期代表作《传奇》的典型张氏风格和到香港后获得美新处资助写作《秧歌》《赤地之恋》的文风转变，由流动华丽转向平淡含蓄，从都市情欲到乡村苦难。到美国后张爱玲以英文创作并不顺心（英文小说 *The Fall of Pagoda*、*The Book of Change* 一直找不到出版社，《金锁记》双语改写多次，影响仍不如上海初版），只是翻译《海上花列传》并研读《红楼梦》。电影《色·戒》使这个晚年写的短篇突然进入大众视野，加上研究者新发现的涉及同性恋的中篇《同学少年都不贱》以及更重要的《小团圆》，张爱玲的晚年风格及其与早期《传奇》的比较，便成为很有文学和学术意义的话题。

还是一贯的琐碎细节，但文字华丽有了节制，瘦劲枯涩，人文俱老。五十多岁的女人回忆二十多岁的初恋及床戏，“物化苍凉”的意象仍是她的招牌。还是有局限的第三人称，常常省略主语，故意混淆叙述者的视角和人物的观点，叙述方法则从顺时序变为意识流。最重要的是故事，由“爱情战争”到乡村悲剧再到纯粹个人往事，这种转化轨迹，也是我想说的第三个意义：《小团圆》为中国文学的自传体小说增加了新的一章。

仅在现代文学的时段里，中国的自传体文学至少有三类。

一是极端主张“一切作品都是作家的自叙体”的郁达夫。郁达夫有意在《沉沦》《茑萝行》等虚构作品中袒露自己，又在《日记九种》《移家琐记》等个人记事中从事无意识的创作。他的自叙体既是私人心理体验的忏悔，同时又具有社会时代意义——“公”“私”两者孰更重要？郁达夫自己，以及“五四”文学读者群的看法，不仅有犹疑，也有改变。在初版的《〈沉沦〉自序》里，郁达夫说《沉沦》是“描写着一个病的青年的心理，也可以说是青年忧郁病（Hypochondria）的解剖，里边也带叙着现代人的苦闷——便是性的要求与灵肉的冲突……”②。在一九二七年《五六年来创作生活的回顾》一文中，他声称《沉沦》“完全是游戏笔墨，既无真生命在内，也不曾加以推敲，经过磨琢”③。可是到一九三二年的《忏余独白》，在日军侵略东北，民族危机上升，文坛潮流也渐趋“左”倾的背景下，他又评论《沉沦》是“眼看到的故国的陆沉，身受到的异乡的屈辱”，使他失望至极，于是，他“像初丧了夫主的少妇一般，发出了毫无气力，毫无勇毅，哀哀切切的悲鸣”④。十余年间，三段对作品的自我诠释，分别十分明显。从表现“青年忧郁病”“灵肉冲突”（“五四”初期），到自认“游戏笔墨”（北伐时期），再到“故国陆沉”“异乡屈辱”等民族主义符号，《沉沦》的意义，也经历了从性（启蒙）到民族（救亡）的主题演化。可见“自传体文学”在“五四”时期不仅有“公”“私”兼顾的两面性，还有一个从“私”向“公”的认同（或被迫认同）的过程。

第二种“自传体文学”就是从一开始就明确有意地以“私”写“公”，如巴金的《家》《春》《秋》。虽然作家明言觉新与他长兄的人生悲剧相似，长兄自杀是他创作的动力，但实际上，巴金的个人家事从一开始就是社会缩影、时代象征。原型的梅表妹在与大哥恋爱不成后嫁人，养得胖胖的，有好几个孩子。小说里的梅却因礼教扼杀爱情而郁闷病死。事实中的丫鬟的确被逼为妾，入了“豪门”，却并没像鸣凤一般投湖自尽，以唱响反封建的主题。后来如杨沫的《青春之歌》等，也都属于这一种以个人经历写时代风云的“自传体文学”。

第三种“自传体文学”出现在四十年代后，如钱锺书的《围城》，又有一个由社会转向私人的倾向。研究者当然可以在方鸿渐身上读出大时代中知识分子的软弱悲哀，读出中国抗战时局对世道人心之影响等等，但这种无奈、悲哀与男女人心，难道不会发生在其他时代？钱锺书沉默，杨绛否认，但《围城》的私人故事原型还是很明显。

在这个背景下，《小团圆》显然沿着《围城》方向继续往极端发展。小说写于一九七五年，但与当时中国的时代、美国的环境毫无关系。宋淇在信中好意劝作家将邵之雍改成间谍并帮助设计情节，[5]其实作为好友他也没明白，对张爱玲来说不写自己，隐藏私密真情，《小团圆》就没有意义了！虽然自传体文学一向以为私事入文即为公，但像《小团圆》（还有英文小说《雷峰塔》《易经》等）那样“目中无人”（既不怎么考虑时代也不大顾及读者），老是回述自己的同一段往事，其自信心还是令人注目的。“我写《小团圆》并不是为了发泄出气，我一直认为最好的材料是你最深知的材料……”[6]为什么张爱玲可以这样有信心这样反反复复不厌其烦地叙述她个人的而且主要是少年在上海、青年在港大的细碎往事呢？王德威的解释是“张爱玲在她写作生涯的后四十年里一再重写自己的生命故事并非巧合。在写《易经》《小团圆》的同时，她也从事了两项平行计划。她将吴语版的《海上花》翻译成国语，又从国语翻译成英文。另一方面，她孜孜不倦地细读《红楼梦》，文本分析、文献考据、传记研究三路并进。她的红学考证后来以《红楼梦魇》（一九七七）为名结集出版。对张爱玲而言，这三个书写计划——创作、注释、翻译——密不可分，更确切地说，它们构成了一个文本互涉（intertexual）、跨文类（cross-generic）、多重语言（multi-lingual）的网络，这一网络正指向张爱玲衍生美学的多个层面”⑦。如果从“自叙传”的角度看，“上海阶段”写的是作家自己“深知的材料”（一个并无恋爱经验的女人写男女关系，至少是作家自以为“深知的材料”），但当时作家并不直接现身于故事之中（现身也无面容细节，如炎樱为《传奇》设计的封面）。“香港阶段”是获资助照提纲写自己不熟悉的红色土地，虽提早三十年开“伤痕文学”先河却也给作家自己深刻的“主题先行”教训（尤其是写《赤地之恋》的过程），使作家在她中年至晚期的“美国阶段”痛下决心，只写自己，撕心裂肺，不厌其烦，而且基本上只写男女关系与母女关系。偶尔，“革命加恋爱”（《色·戒》），便将历史戏剧，解构颠覆得惊心动魄。

第四，《小团圆》自传色彩再浓，归根到底仍是一部独立的作品。九莉、蕊秋、邵之雍，首先是小说人物，然后才是张爱玲生平研究的参考资料。所以，《小团圆》的文学史意义，还在于作品分析了二十世纪中国文学中十分罕见的两个有关“爱情”和“母爱”的复杂个案。这些人伦关系虽然奇特甚至“畸形”，却在某种意义上连接了《海上花》的传统伦理精神与今天中国的现实道德困境。母亲蕊秋和男人邵之雍，女主角九莉一生两个梦魇之间的对应关系，也是这部看似松散的小说的内在艺术结构。在怎么处理母女关系和如何刻画男女关系这两方面，《小团圆》达到了现代文学的一个高峰。

二

黄锦树用一句话精辟概括《小团圆》中的男女关系，这“爱情故事”论证了“女主角何以不惜一切爱上显然不该爱的人”⑧。

这个评论带出了我们下面要讨论的三个层次的问题：第一，为什么男主人公是个“显然不该爱的人”？第二，女主角何以不惜一切去爱男主角？第三，究竟什么是《小团圆》及张爱玲晚期其他小说中的“爱”？

要讨论张爱玲小说的文学史意义，我们必须将她的创作，将她笔下的主要人物，和中国现代文学史上其他一些经典名著放在一起。所谓“鲁郭茅巴老曹”，是很长一段时间中国内地现代文学史的人名名次缩写，其中除了诗人，也确实都是重要的小说家、戏剧家，给现代文学提供了一系列基本的文本和形象基础。如果再加上夏志清推荐的沈从文、钱锺书、张爱玲以及二十世纪二十年代喜欢写爱情的郁达夫、丁玲，这些重要的现代作家所描写过的不同的男女关系，可以作为本文讨论现代文学“爱情故事”的一个背景。其中第一种最常见模式是男女主角相爱，但在社会压力之下，男人敏感却软弱（《伤逝》中的涓生），正直却无力（《日出》中的方达生），或穷困多虑（郁达夫《春风沉醉的晚上》），或犹豫不决（《边城》中的傩送），或忙于革命（《家》中的觉慧）……总之，女主角一往情深，最后却得不到这个“显然该爱”的男人。

第二种模式是男人开始吸引女主角，但因为某个原因（下面会讨论，通常是政治原因），女主角最后抛弃他们（丁玲《莎菲女士日记》中女主角在kiss以后丢开凌吉士，茅盾《创造》中太太离家，留言给丈夫：我先走了，追上来，否则不等了）。

第三种模式是女人爱了很久甚至结了婚，仍不清楚这个男人是否“该爱”（如老舍《骆驼祥子》虎妞对祥子，如钱锺书《围城》中孙柔嘉对方鸿渐……）。

总之，像范柳原这样既“应该被爱”又确实能与女主角相爱的“爱情童话”已经罕见，如邵之雍般“显然不该爱”却仍得女人一往情深的男女关系更是另类，令人费解。

要分析为什么邵之雍“显然不该爱”，我们可先看看其他现代文学名著中这些为女主角所爱（或曾经所爱）的男主人公形象，究竟他们为什么“被爱”？

首先，上面提及的现代文学中为女人所爱的男主角，十之八九都是有才华的知识分子，如涓生、于质夫（郁达夫贯穿诸多小说中的男主人公）、觉慧、君实、方达生、方鸿渐等等，丁玲笔下的凌吉士也是南洋侨生，范柳原虽是商人，却也爱读《诗经》，“执子之手”云云。我注意到，中国现代文学很少描写书生以外的男人（商人、工人、小贩、农夫、军人等）如何谈恋爱。这种艺术表现与社会现实不合比例的文学现象在中国长期存在，可有多种解释：如文人视角的“自我慰问”，读者“才子佳人”传统情趣的需求，作家借男女关系隐喻知识分子对大众的启蒙愿望及困境，等等。

名作中男主角若不是读书人身份，如《边城》中的二佬傩送，却也都比喜欢他的女主角翠翠更有文化。“骆驼祥子”稍有点例外，但也曾经比其他旁人更有道德追求，而且在人生道路接近文化人曹先生时便走正道，反之便堕落。总之，现代文学中男人应该被爱的第一个条件便是“有文化”“有才”——邵之雍显然充分符合这个条件。

但文化人通常有政治倾向。仍以上面所列现代文学作品中的男主角为例，真正值得女主角去爱的，大都政治立场进步，追求民主和新思潮，如觉慧、涓生、于质夫、方达生，或至少有正义感，如方鸿渐、范柳原、傩送。前面讨论的女性 pass 男人的模式，茅盾笔下想“创造”妻子最后反对娴娴投身妇女运动的丈夫君实和丁玲笔下热衷资产阶级趣味的凌吉士，便都是因为他们政治倾向不够进步而最后被女主角抛弃（更明显的例子是杨沫后来在《青春之歌》中放弃想走学者道路不肯革命的余永泽）。祥子则是由正直转向走狗的一个反面教材。看来，男人应该被爱的第二个条件是“进步”——邵之雍身为汉奸官员，显然不符合这个条件，这是黄锦树所言“显然不该爱”的一个重要依据。

爱情不能只靠文化和政治支撑。经济因素在很多现代文学作品中表面不是“爱”的理由，其实一直扮演非常重要的角色。有钱或不保证爱情成功（《创造》），缺钱却足以导致爱情失败（《伤逝》）。金钱在巴金、丁玲笔下造成爱情鸿沟（《家》《莎菲女士日记》），财富在沈从文、张爱玲的故事里是构成爱情的无声基础（《边城》《倾城之恋》）。《春风沉醉的晚上》里女工陈二妹之所以对落魄文人刮目相看，不仅因为男主角看书文雅，也因为她以为他的翻译，轻易能赚“五块钱”稿费，“这样的东西，你为什么不多做几个?”《日出》里陈白露之所以拒绝有才华、政治进步的方达生，原因就是经济上“你养不起我”。祥子和虎妞的关系也证明女人若比男主角有钱，则是爱情故事的不稳定因素。祥子与虎妞的悲剧也从反面证明经济因素对爱情故事男主人公十分重要——于是我们明白《小团圆》中邵之雍送给九莉一箱钱的重要性：这个细节将胡兰成“惯吃软饭”的形象打造成小说里颇肯为女人花钱的男主角。

男性主角为女人所爱的另一因素应是形象、风度和身体，而在大部分现代小说中，这个因素常常被淡化被忽视——这个文学现象不应该被我们忽视。《伤逝》完全不描写涓生的外表，于质夫、方达生、觉慧、君实甚至方鸿渐等似乎也都不是因为男性特征而引起女主角们的爱慕。与男作家只注重男人视角不描写男性身体（忽视女性角度）形成对照，莎菲对凌吉士的外表十分痴迷，用想要糖果的态度，去看男主角的嘴唇。范柳原虽“粗枝大叶”，却也不失风度——而《小团圆》写这个“显然不该爱”的男人，不仅眉目清秀，而且还有“狮子老虎掸苍蝇的尾巴，包着绒布的警棍”⑨和“兽在幽暗的岩洞里的一线黄泉就饮”⑩等形体表现。从女性感官出发的写男性形体及动作，无论文字的细节还是意象的具体，均对诸如“五四”男性作家如郁达夫《沉沦》中的沐浴女体及穆时英咏叹的抽象“白金女体塑像”形成对照与挑战。

在文化、政治、金钱和身体等因素之外，爱情当中更重要的一个条件当然就是情感专一。在涓生、方达生、君实、方鸿渐乃至车夫祥子等男人考虑“爱”及婚姻的时候，“专一”是现代爱情观（西方先进文化）不言而喻的先决条件。在觉慧、傩送等阶级地位不对等的爱情中，承诺比较会有变量，但男主角主观上（至少当时）也似乎没有妻妾成群的理想。范柳原在小说里则经历了一个满足女性梦想的被改造过程：从花花公子到“执子之手”的丈夫。凌吉士在女主角看来，则是无法改造、无可救药，故弃之亦不足惜。显然，在大部分现代爱情小说中，男主人公的正面形象与其情感专一程度成正比——《小团圆》则提供了一个罕见的反面样本。

综上所述，政治倾向和情感不专一，是邵之雍被评论家认为“显然不该爱”的两个主要原因。与此同时，“太有才了”“一箱钱”和“眉眼很英秀”，[11]显然就是这个男人的强项了。女主角其实并没有“不惜一切”，而是不惜忽视或挑战这个“显然不该爱的人”的政治立场和情感观念——事实上，对前者，女人可以忽视、妥协；对后者，却只要斗争到底，代价惨重，“女人总是要把命拼上去的”。[12]

《小团圆》从第四章到第十章，完整记录一场男女爱情战争的全过程，浓缩了张爱玲其他作品中各种爱情主题和情节。这场“爱情战争”大致有三个阶段：一是冲动、幸福阶段（在香港皇冠版的《小团圆》里，大致从 163 页初识初吻到 176 页“她也有点感觉到他所谓结婚是另一回事”因而跳入纽约堕胎意识流）；二是纠缠、忍让过程（从 180 页到大约 261 页战争结束邵之雍逃亡)；三是愤怒摊牌结局(从 262 页千里寻夫直到小说结尾)。不过在分析这“爱情战争” 三阶段之前，有必要看双方“战前”各自的“兵力准备”(恋爱观、经验与决心)。

邵之雍是小说人物，但张爱玲在给宋淇信中明言是写胡兰成，颇有赶着为自己的灵魂经验、身体历史留下记录的意思。[13]在这个意义上，胡张关系也可作为我们分析邵之雍、九莉关系的一个参考。胡兰成有自传《今生今世》，后人也从中发现其中很多虚构创作成分。[14]我注意到胡兰成碰到他喜欢的女人，总是先甜言美誉，接着马上谈结婚，然后用女人钱，还要将旧情事向新恋人坦白公开（简称“胡四招”)。[15]胡兰成晚年回忆情史，骄傲多于忏悔，背后自有他有关中国人家庭婚姻爱情的一套理论支撑。[16]而在张爱玲这边，小说里也借九莉之口多处声明她的恋爱观。一是“她不喜欢像她的人，尤其是男人”[17]。二是“她一向怀疑漂亮的男人”，“漂亮的男人……往往有许多弯弯扭扭拐拐角角心理不正常的地方”[18]。三是“她一直觉得只有无目的的爱才是真的”[19]。四是作家和她很多小说女主人公一样，有结婚情意结。在遇见男主角前，九莉和作家一样，二十多岁，“写爱情故事，但从来没有恋爱过”。虽然能透彻描写乔琪、佟振保、范柳原等风流男性的复杂心理，但演习毕竟不同于实战。

在这部总共325页的长篇小说中，男主角直到第163页（正好过了半场）才出现。第一段关于这男人的文字是女主角和女友的一段闲谈：

> “有人在杂志上写了篇批评，说我好。是个汪政府的官。昨天编辑又来了封信，说他关进监牢了。”她笑着告诉比比，作为这时代的笑话。[20]

仅隔了数行，就写男主角放出来后来看她，“穿着旧黑大衣，眉眼很英秀……像个职业志士”。“楚娣第一次见面便笑道：‘太太一块来了没有？’九莉立刻笑了。中国人过了一个年纪全都有太太，还用得着三姑提醒她？也提得太明显了点。之雍一面答应着也笑了”。

以上文字出现在同一页上。初次见面几句话，便已经涉及我们上面列举的男人“五项基本条件”中的四项：

（一）“写了篇批评，说我好”——文化人，有才，且崇拜女主角；

（二）“汪政府的官”——政治身份有问题，但坐监受迫害，像职业志士；

（三）“眉眼很英秀”，“去后楚娣道：‘他的眼睛倒是非常亮。’”——身体形象方面有魅力；

（四）有太太——一夫多妻的麻烦。

爱情故事，通常描写“一见钟情”，渲染一见面最初神奇的感觉。诡异另类如《小团圆》亦不例外，只是在这可能是非理性无目的的最初感觉之中，日后要长期面对的绝大部分基本问题却也在无意识中被瞬间浓缩包含了。即便张爱玲不是，至少九莉是。

次日起，男人就“天天来”了，女主角开始描写男人的侧面是“背着亮坐在斜对面的沙发椅上，瘦削的面颊，眼窝里略有些憔悴的阴影，弓形的嘴唇，边上有棱”。小说前半部写了很多九莉的心理、行为、感受，却很少写她的外形，直到男人登场，才出现女主角自己的形体画像——女人需要“他者”的存在为“镜”：“九莉戴着淡黄边眼镜，鲜荔枝一样半透明的清水脸，只搽着桃红唇膏，半鬈的头发蛛丝一样细而不黑，无力的堆在肩上，穿着件喇叭袖孔雀蓝宁绸棉袍。”[21]处在不同逆境中的文人，均需要有人崇拜。胡兰成对张爱玲的最早的“吹捧”，至今看来亦有分量。而九莉也承认：“她崇拜他。……他走后一烟灰盘的烟蒂，她都拣了起来，收在一只旧信封里。”[22]这个颇可以满足男人自恋的细节并没有记载于《今生今世》，看来是九莉而非张爱玲所为——又一次证实这个“爱情故事”与胡张恋史实之间的细微却重要的分别。下一页，认识数日后两人说话已涉及钱的重要性（另一“爱情基本条件”)。邵要九莉取下眼镜，第一次接吻，“九莉想到：‘这个人是真爱我的。’”（但并没有立刻解释具体理由。邵的kiss有木塞味，瞬间生理感觉并不迷人。在后来的短篇《色·戒》里，女人也有这一闪念，且伴有“头上轰地一声响”，直接动因是男人送给她一粒连太太都不送的钻石）接吻以后不久男人马上说：“我们永远在一起好不好？”（胡四招之二）女主角回答很直接：

> “你太太呢？”
>
> 他有没有略顿一顿？“我可以离婚。”
>
> 那该要多少钱？㉓

中间这个问号耐人寻味，说明女人当时及事后都不肯定男人是否在说真话。

这段男女关系从一开始就面对主要矛盾，不过从那以后，故事就不再快速推进，而更多只是重复回旋——像张爱玲的创作历程。

女主角在政治上能够接受一个“汪政府的官”（和其他现代文学女主角的选择很不相同），大致有三个原因。

第一，九莉对邵的政治理论可以求同存异。存异反对部分是汪派主张，“‘和平运动’的理论不便太实际，也只好讲拗理”[24]。从一九四九年的主流叙事角度，当时的政治进步几乎等同于“左”倾，但实际上，陈公博、周佛海也曾参加共产党。胡兰成也说自己在广西教书时期曾“专门研究马克思主义”且“敬服托派”[25]。所以九莉觉得邵有“左派作风”[26]且“人人有饭吃”的理想亦无不妥，只是不喜欢共产党的纪律，这就有了求同的基础。女主角在政治态度方面也承认自己不合潮流：她一向以为“国家主义是二十世纪的一个普遍的宗教。她不信教”[27]。小说后来描写全民庆祝抗战胜利时，九莉觉得自己“泥足”于世。[28]

第二，初识男人时他在监狱，受迫害形象易遭人同情（羊为什么爱上狼，因为狼受了伤）。后来小说也描写邵之雍热心援救左派作家荀桦，[29]荀桦战后反而企图调戏九莉，视她为“汉奸妻”（荀桦或有原型，待考）。换言之在《小团圆》里女主角认为，政治立场“反动”（反社会潮流而动）并不必然等同于道德品格低下。

第三，《小团圆》渗透这样一种价值观，尤其在男女关系中，个人情感视角比社会政治背景更重要。“比比也说身边的事比世界大事要紧，因为画图远近大小的比例，窗台上的瓶花比窗外的群众场面大”[30]。比比的原型是张爱玲的知音好友炎樱，“也说”意思是女主角亦持同样看法——这是张爱玲一生信奉的艺术原则，香港时期有点因政治处境而动摇，晚年更坚持到极端的方向：《小团圆》描写九莉听到日军轰炸香港心中竟暗喜——只因可以逃避考试。[31]直到安竹斯教授被炸死，才向上天祷告：“你待我太好了，其实停止考试就行了，不用把老师也杀掉。”[32]既然窗台瓶花比窗外政治更大，那心上人的接吻自然也比他背后的政治身份更重要，甚至日军投降前九莉还希望战事再延长一会儿，只为她和她的男人可以多待一会儿……

政治立场不是爱情的障碍，但“情感不专一”却是严重的问题，其严重性是自以为与众不同的男女文人情人估计不足的。

曾有一段短暂的金色时光：

> 他注视了她一会之后吻她。两只孔雀蓝袍袖软弱的溜上他肩膀，围在他颈项上……[33]
>
> 时间变得悠长，无穷无尽，是个金色的沙漠，浩浩荡荡一无所有，只有嘹亮的音乐，过去未来重门洞开……这一段时间与生命里无论什么别的事都不一样，因此与任何别的事都不相干。[34]

这是小说中最美好的一段文学和意象，不过当时也隐约伴随着危机感：“她不过陪他多走一段路。

在金色梦的河上划船，随时可以上岸。”[35]“我们根本没有前途，不到哪里去”[36]。

一方面预感不会“天长地久”，另一方面又不甘心只能“曾经拥有”。之后小说的主要篇幅，就是很长一段“纠结—忍让”时期。其中又可分两个阶段，以男主角在报上登两个离婚广告并与九莉签一纸婚书为转折点，前一段是女主角“战胜”男人之前的两个女人，后一段是女主角“败”于男人之后的两个女人。

胡兰成在《今生今世》记载张爱玲对他有别的女人的理性态度，似乎颇潇洒：“我已有妻室，她并不在意。再或我有许多女友，乃至挟妓游玩，她亦不会吃醋。她倒是愿意世上的女子都喜欢我。”[37]

这里有三个可能：（一）以上记载纯属“胡编”创作，自欺欺人。（二）这是张爱玲一定程度上的理解宽容策略，被胡误解为她“不介意”甚至态度潇洒。《小团圆》里也曾这样描写女主角的谅解：“‘我是喜欢女人’，他自己承认，有点忸怩的笑着。

‘老的女人不喜欢。’不必要的补上一句，她笑了。她以为止于欣赏。”[38]“他对女人太博爱，又较富幻想，一来就把人理想化了，所以到处留情。当然在内地客邸凄凉，更需要这种生活上的情趣。”[39]“她本来知道日本女人风流，……这种露水姻缘她不介意，甚至于有点觉得他替她扩展了地平线。他也许也这样想，尽管她从来不问他，也不鼓励他告诉她。”[40]（三）张爱玲理性上真“不介意”，但情感生理无意识中其实极反感。（《小团圆》近结尾处女主角有痛苦自白：“并不是她笃信一夫一妻制，只晓得她受不了。”[41]）而胡对张的理性情感矛盾故意视而不见。无论哪一种可能，都充满误会曲解，而男女关系又总是注定要在误会曲解幻听盲目中延续发展。

《小团圆》中有段惊心动魄的时空跳跃，打胎的意识流的上下文，恰恰是在有关婚姻的困难语境之中。“门框上的木雕鸟”出现前，邵正在说：“我不喜欢恋爱，我喜欢结婚。”而女主角“她不懂，不离婚怎么结婚？……也许她也有点感觉到他所谓结婚是另一回事。”[42]接着这个“顿悟”，便是多年后纽约打胎，“女人总是要把命拼上去的”。从抽水马桶里的男胎，蒙太奇又转到门框上木雕的鸟，然后接回邵之雍的话：“我们这真是睁着眼睛走进去的，从来没有疯狂。”[43]走到哪里去？走进一夫多妻的阴影。如果说在男人离婚前，九莉说“我真高兴有你太太在那里”[44]，这是胜者故作宽容姿态，那么在男人去武汉后九莉写信：“我是最妒忌的女人，但是当然高兴你在那里生活不太枯寂。”[45]甚至也不在意邵之雍与女作家文姬及日本主妇的短暂风流浪漫，其实都是处在防守地位上的无可奈何的退让。

胡兰成在武汉又“娶”了护士小周，据《今生今世》，回沪后“我与爱玲说起小周，却说的来不得要领（此处有点闪烁其词，‘第四招’不彻底——引者注）。一夫一妇原是人伦之正，但亦每有好花开出墙外，我不曾想到避嫌，爱玲这样小气，亦糊涂得不知道妒忌。……爱玲亦不避嫌，与我说有个外国人向她的姑姑致意，想望爱玲与他发生关系，每月可贴一点小钱，……爱玲说时竟没有一点反感，我初听不快，随亦洒然。”[46]张爱玲虚构或利用外国情敌的“激将法”，对胡兰成并不见效。胡兰成似乎认为张当时并不怎么在意他和小周的关系，既似“一壶多杯”中国男人传统梦想的延续，又像后来萨特夫妇般的现代知识分子开放潇洒。但在《小团圆》里，女主角九莉持续不断地对小康小姐的怀疑警觉妒忌，竟构成男女主角关系起伏变化的主线。“知道就是接受”[47]。当男人讲起武汉轰炸时小康小姐曾要保护他，九莉虽然面带笑容，心里已被逼到忍让与愤怒的悬崖夹缝之中。

> 以为“总不至于”的事，一步步成了真的了，九莉对自己说：“‘知己知彼’。你如果还想保留他，就必须听他讲，无论听了多痛苦。”但是一面微笑听着，心里乱刀砍出来，砍得人影子都没有了。[48]

这种愤怒伴随着强烈的爱，一路发展到战后下乡寻夫。这是《小团圆》和《今生今世》最接近的一段，如九莉帮辛巧玉画像未成等细节，与胡兰成记载几乎相同。不知是基于同样记忆，还是张爱玲小说创作也有受《今生今世》的某些影响甚至呼应。最后摊牌“要选择就是不好”，也是胡的原话。九莉问的是小康，却不知眼前情敌已是辛巧玉。“三美团圆”，男人的梦，女人的恨，为小说点题。

胡兰成自己从未提及给张送钱事。二〇〇九年在岭南大学开“当代文学六十年”学术会议，会间闲谈，王安忆说，这箱钱如有，何以胡兰成自传不写？陈子善说，如果没有，张爱玲为何事后编造？我以为，如此事属实，可能是胡认为“吃软饭”才是光荣，给女人钱不值得写（试看《色·戒》中易先生送钻之前的独白）；如不属实，那就证明是张爱玲企图以文学加工，增加男主人公的责任感与魅力。

《今生今世》只记精神恋爱，两人整天谈文说艺，自传美化传主人生。《小团圆》却不回避情色场面。“五四”以来的爱情故事，如《伤逝》《家》乃至《围城》大都基本略去“性”的层面只写男女情理、心理纠纷，《骆驼祥子》写虎妞情欲但文字含蓄，丁玲写莎菲情热也仅限于“上半身”。在男女关系中写“性”而引起争议的郁达夫，有时很隆重做作（如《沉沦》中窥看房东女儿沐浴之后的排比感叹形容），有时很畸形入木（如《茫茫夜》写于质夫买小铺店女的手帕与针，自刺其颊获得快感，又如《过去》李白时在米饭中幻见恋人的脚）。张爱玲在《红玫瑰与白玫瑰》中以肥皂泡沫吸吮手指写佟振保对王娇蕊想入非非，已是“五四”以后爱情故事少有的带动词的情欲象征文字。到了《小团圆》，有关“性”的动作场面，却像家常生活细节一样被若无其事地叙述。从对“警棍”紧张，到“食色一样，九莉对于性也总是若无其事，每次仿佛很意外”[49]。再到逃亡前“扳她一只腿，让她一只脚站在床上”[50]的高难度动作，直到终有一日，睡在一张床上嫌太挤，甚至做爱时“她终于大笑起来，笑得他泄了气”[51]。什么事情都能笑，丧礼和做爱不宜笑。做爱想笑，是个悲剧。果然当夜女主角便有了想用切西瓜刀“对准了那狭长的金色背脊一刀”[52]的念头。文本对照，倒是对《今生今世》“民国临水照花人”的一个好注解。

总之，说九莉“爱上显然不该爱的人”，其实并非“不顾一切”，而只是不顾“政治立场”与“薄情多情”。前者不顾到底，后者终于失败。究竟《小团圆》里什么是“爱”呢？张爱玲晚期小说中的男女关系，一方面特别注重身体和物质层面的个别细节、生理感受和心理动作，因此十分理智、具体、现实（163 页和 168 页短短两段对话却已同时道出文化、政治、身体、情感及经济多重因素的考虑），比现代文学中的很多其他“爱情故事”都更加世俗化；但另一方面《小团圆》又特别强调非理性与无目的，明知要受伤受苦受罪，依旧睁着眼睛走进去，崇拜、迷恋、纠结且义无反顾，小说直到最后也不出“恶声”，还要在田园美梦中与孩童及邵之雍一起步入

“青山上红棕色的小木屋……”

究竟是张爱玲太爱她自己的情欲经历，爱恨皆忘却不了，于是要苦苦倾诉？还是作家为了她所热爱的文学，在小说中虽然无情解构，撕裂创伤，但仍然要歌颂爱情的迷思？

三

如果只把《小团圆》读为胡张恋史的另一版本，那我们就太低估了这部作品的文学史意义。

假设胡兰成《今生今世》记载的是他记忆中的事实，那么小说《小团圆》在情节框架乃至很多细节的重复、印证和引用[53]之外，至少做了三个重要的文学改编：

第一处，胡兰成在和张爱玲结婚之后不久又娶护士小周，后来又在逃难途中与寡妇范秀美“行夫妻之礼”，《今生今世》记载男人当时没有多少矛盾犹豫，事后也没有表达后悔之意。因为胡兰成在理论上既不坚信来自西方的一夫一妻文化，在情感上似乎也坚持可以同时爱上不同女人。但在《小团圆》第236页，作家特地描写邵之雍的痛苦：

> 比比与之雍到阳台上去了，九莉坐在窗口书桌前，窗外就是阳台，听见之雍问比比："一个人能同时爱两个人吗？"窗外天色突然黑了下来……
>
> 比比走后，九莉微笑道："你刚才说一个人能不能同时爱两个人，我好像突然天黑了下来。"
>
> 之雍护痛似的笑着呻吟了一声"唔……"把脸伏在她肩上。

在这里，小说人物邵之雍俨然被刻画成在恋爱问题上颇有良心痛苦（因此也很有情感深度）的男人。

第二处"改编"，前面说过，《今生今世》多次记载如何获得女人金钱资助，从张爱玲处，从范秀美处，当然，更多是后来从吴四宝前妻余爱珍处。胡兰成对此，似乎荣多于耻。但在《小团圆》中，男主角在听说九莉想还钱给母亲后，便提来一个箱子，“笑着把那只廉价的中号布纹合扳手提箱拖了过来，放平了打开箱盖，一箱子钞票。她知道一定来自他办报的经费，也不看，一笑便关了箱盖，拖开，放在室隅。等他走了她开箱子看，不像安竹斯寄来的八百港币，没有小票子”[54]。在《小团圆》里，这前后呼应对照的两堆钱，其叙述功能犹如金庸小说中的秘方地图之类，是足以扭转改变主人公心理情感命运的某种道具。这样的钱之后陆续送来。虽然九莉只用了一些，另一部分换成黄金，母亲不收钱后仍还给逃难中的男主角。

第三处，“胡四招”之四，是一切坦白。胡兰成回忆他“娶”了小周护士后回沪即向张爱玲说明，后来遇范秀美又将张爱玲和小周的事告之。到香港“娶”余爱珍当然也交代以前情史。但《小团圆》中男主角邵之雍一直都没向九莉明说他和护士的真实关系。九莉也并不如胡兰成记载的张爱玲那样坦然潇洒，而是像普通爱情故事女主角一样，一直处在猜疑、痛苦和委屈之中。悬念一直拖到小说快结束时，九莉看到小康的照片，还问男人“你跟小康小姐有没有发生关系”。[55]

将一个习惯享受“一株牡丹花开数朵，而不重复或相犯”[56]的传统官员文人，描写成在阳台上痛苦发问“一个人能同时爱两个人吗”的现代知识分子；将一个不会或耻于给女人金钱的风流才子，描写成在战乱危亡之际仍接济女友的男人；将一个无奈面对多妻局面的女性处境，改写成在恋爱中犹豫、彷徨、争夺、纠结的爱情故事女主角——我们无法知道也并不关心哪些是“真”的事实，哪些是“假”的虚构（“归根结底什么是真的？什么是假的?”张爱玲从一开始写作，在《沉香屑·第一炉香》《金锁记》里已有过这样的问号），我们只看见这三个文学改编的效果，使小说女主角以及文学读者们更愿意去原谅、理解男主人公，当然，原谅、理解的同时仍包含着痴迷、愤怒和疯狂。

最大的“改编”还在于小说的结尾，这个给她带来巨大痛苦（与快乐）的男人最后仍出现在女主角少有的家庭梦想里。小说最后一页，有一个梦，五彩片“寂寞的松林径”温馨背景，“映着碧蓝的天，阳光下满地树影摇晃着，有好几个小孩在松林中出没，都是她的。之雍出现了，微笑着把她往木屋里拉。非常可笑，她忽然羞涩起来，两人的手臂拉成一条直线。就在这个时候醒了。二十年前的影片，十年前的人。她醒来快乐了很久很久”[57]。而写这篇小说时张爱玲给宋淇写信，理智上照旧称胡为“无赖人”[58]。

据宋以朗的博客，《小团圆》完稿后特地修改过两页，其中一页就加上了一段与性有关的文字，[59]可见作家对这段情色细节的重视程度。是五十多岁女作家念念不忘早年情史中的亮点痛处，还是女作家有意挑战开拓现代中文爱情小说中的某些边界线？

在另一封给宋淇的信上，张爱玲说：“《小团圆》是写过去的事，虽然是我一直要写的，胡兰成现在在台湾，让他更得了意，实在不犯着，所以矛盾得厉害……”[60]这里的“矛盾”我以为有两个层面，一是在个人心灵史上，对过去（甚至永不会过去的）男女关系的怨恨恩仇与留恋快乐之间的矛盾；二是在个人私隐情仇与在艺术中创作“爱情故事”之间的矛盾。“矛盾”的结果，就是上述一系列细节“改编”——尽管张爱玲揭露自己隐私，但最终还是写成了一部独立的文学作品，一部现代文学史上“非典型”的“爱情故事”。[61]在理智上，张爱玲不想原谅曾让她受罪的男人（尤其在与朋友通信的语境下），但一片片撕开伤口检点这段感情如何铭心怎样刻骨，也隐含着与《今生今世》某种对话的潜意识欲望。[62]现实世界男女关系恩仇无解，唯有在艺术中才能再生。一方面，借助小说疗救心创的动力，连好友宋淇当年都不理解（因此提了很多改稿方案），但我以为另一方面，为了艺术不惜动用“最深知的材料”是更重要的原因。只有在小说世界里，才能如此无情“审判”自己的母亲（严厉态度堪比“五四”文学的“弑父”情结，超过王蒙“审父”的《活动变人形》）；同样苛刻地审视女主人公，在九莉这个极端自私、极度刻薄的普通人身上，爱情则是她最高尚的一面。归根到底，作家太爱她的文学，因此才爱小说中的自我及小说中的男主角。

相比之下《小团圆》后来写与燕山的恋情，虽无“政治倾向”的障碍，也少“情感不专心”的问题，但果真是“男人不坏，女人不爱”（很少有严肃的文学作品，肯处理这种“通俗真理”且不失人性解析深度）。燕山也是文化人，形象漂亮，身为编剧导演，父亲也经商。女主人公也不是不认真，有次邵之雍探访时燕山来电话，“她顿时耳边轰隆轰隆，像两发星球擦身而过的洪大的嘈音。她的两个世界要相撞了”[63]。他们甚至也讨论婚事，一度还以为怀孕。不同之处是九莉可以想象燕山和别的女人在一起的情景，“也许是人性天生的别扭，她从来没有想象过之雍跟别的女人在一起”[64]。而且在热恋时，旁观者三姑也说，不如和之雍的关系。所以张爱玲描写的男女关系，身体再世俗，欲望再现实，处处充满拌嘴、怄气、衣着、化妆、吃饭、钞票等细节，却隐隐贯穿浪漫主义的“原教旨主义”信仰：主人公不可能同时爱两个人，甚至不在同时也不行。

当然，九莉之所以会这样处理男女关系，很大程度上是因为她与母亲的关系。《小团圆》中写母女关系的篇幅比“爱情故事”其实更多（是之前两部英文小说的中文缩写，所以文字、情节都有些跳跃）。和母亲的复杂关系直接间接地影响制约了女主角对爱情的态度：第一，从小母爱的缺乏导致女主角在男女关系中极度甚至病态地渴求“爱”。第二，因不符合母亲现代淑女教育的要求而自卑，使得女主角在爱情方面也缺乏自信，容易委屈。第三，更重要的是在母亲自相矛盾的谨慎“言传”、浪漫“身教”之下，女儿的恋爱生活处处逆向挣扎。母亲的“言传”头绪纷乱，宗旨是性关系要矜持——九莉却冲动、无目的，不仅当年一见钟情，晚年仍在回忆“警棍”“兽”。母亲的“身教”是“多元化”，拿得起放得下（《小团圆》中至少十几个中外情人）——九莉却专一，不能自拔，不愿、不肯、不甘心，但又无法不步母亲后尘（打胎、爱情失败、晚年孤独……）。母亲和九莉的关系，在“性”的意义上，与其说是母女，像师生，不如说更似竞争对手。九莉原是“最不多愁善感的人，抵抗力很强”，为什么“只有她母亲与之雍给她受过罪”？究其原因，就是女主角一生在和很多女人争夺邵之雍，又和很多男人争夺她母亲。

爱上让她“受罪”的人，在某种程度也就是“如何爱上你的敌人”——这个主题后来在《色·戒》中才最后完成。而怎么“敌视你的亲人”，张爱玲在描写母女关系方面也达到现代文学的一个高峰。当然，这已是另一篇论文的题目了。

二〇一〇年十一月初稿

注释

①宋淇致张爱玲的信，1976年4月28日，见张爱玲：《小团圆》，香港：皇冠出版社，2009年，第13页。

②郁达夫：《沉沦》，上海：泰东书局，1921年。

③郁达夫：《五六年来创作生活的回顾》，《过去集》（《达夫全集》第三卷），上海：开明书店，1927年。

④郁达夫：《忏余独白》，见《忏余集》，上海：天马书局，1933年。

⑤同注①。

⑥张爱玲致宋淇的信，1976年4月4日，见张爱玲：《小团圆》，香港：皇冠出版社，2009年，第13页。

⑦王德威：《雷峰塔下的张爱玲：〈雷峰塔〉〈易经〉，与"回旋"和"衍生"的美学》，此文原以英文写成，根据为香港大学出版社出版的张爱玲

英文小说 *The Fall of Pagoda*、*The Book of Change* 作的两篇序言发展而成。王宇平翻译。载《印刻文学生活志》，INK，Literary Monthly，Nov. 2010。

⑧黄锦树：《家的崩解》，《读书人》，《联合报》，2009 年 3 月 8 日。

⑨“有一天又是这样坐在他身上，忽然有什么东西在座下鞭打她。她无法相信——狮子老虎掸苍蝇的尾巴，包着绒布的警棍。看过的两本淫书上也没有，而且一时也联系不起来。应当立刻笑着跳起来，不予理会。但是还没想到这一着，已经不打了。她也没马上从他膝盖上溜下来，那太明显了。”见张爱玲：《小团圆》，香港：皇冠出版社，2009 年，第 174 页。

⑩张爱玲：《小团圆》，香港：皇冠出版社，2009 年，第 240 页。

⑪同注⑩，第 163 页。

⑫同注⑩，第 177 页。

⑬“赶写《小团圆》的动机之一是朱西宁来信

说他根据胡兰成的话动手写我的传记……”（见张爱玲致宋淇的信，1975 年10 月16 日，载宋以朗《〈小团圆〉前言》，张爱玲：《小团圆》，香港：皇冠出版社，2009 年，第 5 页）。

⑭参见秦贤次《胡兰成生平史事考释》（提交香港浸会大学2010 年9 月“张爱玲九十周年诞辰国际学术研讨会”的论文）。

⑮在《今生今世》（北京：中国社会科学出版社，2003 年）里，胡兰成叙述自己的“桃花运”，其方法大致有四个。第一招是甜言美誉。如“张爱玲的顶天立地，世界都要起六种震动”。“我常时以为很懂得了什么叫惊艳，遇到真事，却艳不是那艳法，惊不是那惊法”（第 144 页）。还有，“民国世界的临水照花人”（第 159 页），都成了名句。但他的甜言美誉并非只给张爱玲，数月后武汉看到小周护士，“声音的华丽只觉一片艳阳，她的人就像江边新湿的沙滩，踏一脚都印得出水来”（第 181 页）。“小周长身苗条，肩圆圆的，在一字肩与削肩之中，

生得瘦不见骨，丰不余肉……”（第182页）。“她的流泪使我只觉得艳，她是苦亦苦得如火如荼，艳得激烈”（第186页）。后来陪他回乡的寡妇范秀美，四十来岁，胡也是大篇的赞颂，“她其实是个亮烈人，从端正里出来温柔安详，立着如花枝微微倾斜，自然有千娇百媚”（第214页）。“只觉她的言语即是国色天香。她的人蕴藉，是明亮无污蚀，却自然有光阴徘徊。她的含蓄，宁是一种无保留的恣意，却自然不竭不尽，她的身世呵，一似那开不尽春花春柳媚前川，听不尽杜鹃啼红水潺湲，历不尽人语秋千深深院呀，望不尽的门外天涯道路，倚不尽的楼前十二阑干”（第227页）……虽这些言辞是事后回忆，当初也总有操练实习。所以第一招是说女人爱听的好话。第二招是马上提议结婚。在上海与张爱玲有一纸婚书，在武汉与小周也迅速成亲。后来逃难范女士下乡一路照顾他，《今生今世》里这样写的，“十二月八日到丽水，我们遂结为夫妇之好。这在我是因感激，男女感激，至终是惟有以身相许……”（第233页）这第二招婚姻，“以身相许”，也算颠覆男性中心主义语言习惯。第三招是花女人钱。一讲婚姻，再花女人钱，女人觉得你不把她当外人，完全自己人。在武汉找小周后，回沪跟张爱玲怎么解释呢？说我是客己待人，咱们俩是自己人，她是外人、客人，我当然要照顾她了。而当小周问他要办婚礼仪式时，他说张爱玲那边还没办仪式呢，不能先跟你办。后来日本投降他要逃难，就把小周叫过去，说你等着。中国古代夫妻，男的逃难出去十年、二十年，女的在家里等着，常有的事。小周还真在那里等着，还为他坐过牢。最后第四招，前三招之所以成功，也因为第四招：坦白。跟一个女的好，前面几个女人的事，一一都告诉，绝不隐瞒，绝不偷偷摸摸。而且不说前面的女的不好，这点胡兰成与众不同。他说以前花好桃好。当然，你现在更好。为什么女的都信呢？那是另一个问题。

⑯“中国人男女之际，远离圣灵与罪恶那样的巫魇，女儿家亦明理无禁忌……”（胡兰成：《今生

今世》，北京：中国社会科学出版社，2003 年，第 185 页）“……男女之际，中国人不说是肉体关系，或接触圣体，或生命的大飞跃的狂喜，而说是肌肤之亲，亲所以生感激。‘一夜夫妻百世恩’，这句常言西洋人听了是简直不能想象。西洋人感谢上帝，而无人世之亲，故有复仇而无报恩，无《白蛇传》那样伟大的报恩故事，且连怨亦是亲，更惟中国人才有”（《今生今世》，第 228 页）。“西洋人的恋爱上达于神，或是生命的大飞跃的狂喜，但中国人的男欢女悦，夫妻恩爱，则可以是尽心正命。孟子说：‘莫非命也，顺受其正。’姻缘前生定，此时亦惟心思干净，这就是正命。……秀美……竟是不可能想象有爱玲与小周会是干碍，她听我说爱玲与小周的好处，只觉如春风亭园，一株牡丹花开数朵，而不重复或相犯。她的是这样一种光明空阔的糊涂”（《今生今世》，第 237 页）。除了强调男女关系的缘分、亲情因素以及赞扬女性明理宽容（没说男人是否也要有“光明空阔的糊涂”）以外，胡兰成更主张中国人的男女之“爱”，其实就是“知”，见本文注㊗。

⑰同注⑩，第 162 页。

⑱同注⑩，第 311 页。

⑲同注⑩，第 165 页。

⑳同注⑩，第 163 页。

㉑同注⑩，第 164 页。

㉒同注⑩，第 165 页。

㉓同注⑩，第 168 页。

㉔同注⑩，第 166 页。

㉕同注⑩，第 164 页。

㉖见胡兰成：《今生今世》，台北：远景出版公司，2009 年，第 163—164 页。秦贤次则推测，胡兰成当时由广西南宁一中同事古咏今介绍加入托派。《胡兰成生平史事考释》（提交香港浸会大学 2010 年 9 月“张爱玲九十周年诞辰国际学术研讨会”的论文）。

㉗同注⑩，第 64 页。

㉘同注⑩，第 251 页。

㉙同注⑩，第 230 页。

㉚同注⑩，第 51 页。

㉛同注⑩，第 55 页。

㉜同注⑩，第 67 页。

㉝同注⑩，第 171 页。

㉞同注⑩，第 172 页。

㉟同注⑩，第 64 页。

㊱同注⑩，第 173 页。

㊲胡兰成：《今生今世》，北京：中国社会科学出版社，2003 年，第 154 页。

㊳同注⑩，第 224 页。

㊴同注⑩，第 225 页。

㊵同注⑩，第 271 页。《今生今世》中确记载胡兰成与日本女房东的一段情，不过是在逃亡日本以后。《小团圆》描写邵之雍与日本主妇露水姻缘发生在国内，或是移花接木借用胡自己的炫耀作为虚构小说素材。

㊶同注⑩，第 277 页。

㊷同注⑩，第 176 页。

㊸同注⑩，第 180 页。

㊹同注⑩，第 188 页。

㊺同注⑩，第 223 页。

㊻同注㊲，第 194 页。

㊼同注⑩，第 237 页。

㊽同注⑩，第 235 页。

㊾同注⑩，第 229 页。

㊿同注⑩，第 248 页。

51同注⑩，第 256 页。

52同注⑩，第 256 页。

53如与日本主妇的露水姻缘等。

54同注⑩，第 184—185 页。

55同注⑩，第 304 页。

56同注⑭。

57同注⑩，第 325 页。

58同注⑥。

㊾“兽在幽暗的岩洞里的一线黄泉就饮，泊泊的用舌头卷起来。她是洞口倒挂着的蝙蝠，深山中藏匿的遗民，被侵犯了，被发现了，无助，无告的，有只动物在小口小口的啜着她的核心。暴露的恐怖糅合在难忍的愿望里：要他回来，马上回来——回到她的怀抱里，回到她眼底——”见张爱玲：《小团圆》，香港：皇冠出版社，2009 年，第 240 页。

㊿张爱玲致宋淇的信，1975 年 11 月 6 日，见张爱玲：《小团圆》，香港：皇冠出版社，2009 年，第 13 页。

61张爱玲自己的解释：“《小团圆》……是个爱情故事，不是打笔墨官司的白皮书。”见张爱玲致宋淇的信，1976 年 1 月 3 日，载宋以朗《〈小团圆〉前言》，张爱玲：《小团圆》，香港：皇冠出版社，2009 年，第 6 页。

62张爱玲后来在美国曾写信向胡兰成索取《今生今世》，不知女作家看到胡兰成的这段话如何感想——“我于女人，与其说是爱，毋宁说是知。中国人原来是这样理知的一个民族，《红楼梦》里林黛玉亦说的是‘黄金万两容易得，知心一个也难求’。却不说是真心爱我的人一个也难求。情有迁异，缘有尽时，而相知则可知新，虽仳离决绝了的两人亦彼此相敬重，爱惜之心不改。人世的事，其实是百年何其短，寸阴亦可长”（胡兰成：《今生今世》，北京：中国社会科学出版社，2003 年，第 316 页）。

㊿同注⑩，第 301 页。

64同注⑩，第 322 页。

《小团圆》中的母女关系

假如张爱玲当年不听宋淇等人的劝告，将《小团圆》在一九七五年出版，这部作品的命运、作家的形象和文坛地位，又会产生什么样的变量和影响呢？

一九七五年的海峡两岸及香港中文文学，情况和现在很不一样。正当张爱玲在美国几乎隐居，细细咀嚼自己与男人和母亲的复杂私隐人性纠纷时，作家西西正在报上连载那本后来被视为香港本土意识代表作的《我城》，同年中国内地最重要的文学杂志《朝霞》则刊出了余秋雨的早期散文……

文学史上常有写作与发表的“时间差”。王蒙写于二十世纪五十年代描述火热生活的《青春万岁》直到八十年代才出版，否则当年可能是另一部《青春之歌》。也是在“文化大革命”后乃至近年才与读者见面的《傅雷家书》、丰子恺《缘缘堂随笔·续集》以及沈从文数百万字的日记书信等，现在被陈思和等学者视为当代文学史中很重要的“抽屉文学”“潜在写作”，说明五六十年代也不是谁都狂热，当代知识分子有多层次的“地下文学”。阿城、马原、北岛等常常强调他们在“新时期”的成名作其实是在“文化大革命”中写成，不是为了装扮“先知先觉”，更是着急突出作品与时代的血肉联系，如一九七三年写作的《回答》，一九七八年在《诗刊》发表时注明创作日期是一九七六年四月五日。

但《小团圆》不同，因为几乎是纯粹的个人隐情琐事重构，当年就并无多少“时代感”，现在也不大会过时。但没有“时代感”却也是时代的一部分，有时反而更印证时代的方向。如果一定要事后嵌进“时代背景”，就如王德威在张爱玲出版英文小说《雷峰塔》《易经》的序文所言：“当中国的大部分作家回应着‘五四’所标榜的现代性召唤，孜孜不倦地弃旧迎新，并期待着‘史无前例’的创举时，张爱玲选择回望那些被进步作家和批评家们视为颓废、反动、私人的题材和形式。也由此，她示范出一个‘回旋’而非‘革命’、‘衍生’而非‘揭示’的书写谱系。我们一直要等到另一个新世纪来临后才理解，张爱玲的许多同辈作家所信仰的‘现代’可能未必那么现代，而张爱玲所坚持的‘传统’其实一点也不传统。”[①]二〇〇九年宋以朗将这部张爱玲声称要烧掉却又改了又改的自传体长篇出版，应该是满足了张迷及文学史的双重需要——张爱玲当年绝没想到，她现在成了鲁迅之后现代文学的又一“偶像”。

因为人们从三十年代起就不满足于“五四”欧化文艺腔的胜利，所以重新想起《红楼梦》等旧白话传统；因为忧国忧民使命之外（或之中），还有日常世俗生活细节不可漠视；因为鸳鸯蝴蝶派从未真正在民间消失，所以雅俗矛盾迟早要应对；因为“革命+爱情”不同配方均以男性乡土叙事为中心，现代主义都市女性感官也渐渐拥有自己的读者……总之，即使张爱玲真的只是得到历史的“错爱”，也总有其历史的原因。

《小团圆》的文学史意义，其实不仅在于小说解析了一段与“五四”以来很多爱情小说都截然不同的男女关系，还在于（甚至更在于）小说刻画了一种在现代文学中十分罕见的母女关系。

从篇幅上看，《小团圆》写到一半，才进入张爱玲所谓的“爱情故事”[②]。且后半部分仍有章节倒叙儿时大家庭生活以及母亲自欧洲归来。从情节上看，主人公之外最重要的两个人物就是邵之雍和蕊秋。女主人公“是最不多愁善感的人，抵抗力很强。事实是只有她母亲与之雍给她受过罪”[③]。其实，邵之雍给九莉受的罪，相当程度也和蕊秋的言传身教有关。本文下面将分析，小说中男女关系的悲剧在很多层面上都和母女关系的冲突互相呼应。从写作过程看，一九七五年张爱玲用中文写《小团圆》时，相当部分有关母亲的故事，已在十几年前的两部当时未出版的英文小说 *The Fall of Pagoda*、*The Book of Change*④书写过一次。所以张爱玲当时给宋淇写信说："《小团圆》因为酝酿得实在太久了，写得非常快……"⑤今天我们先读《小团圆》，过了一年又见到《雷峰塔》《易经》，有种同一个母女关系的故事被重复咏叹的错觉。其实《小团圆》只是英文小说的中文浓缩版本。当然，这个与母亲爱恨纠结的故事早在二十世纪四十年代的《私语》等散文中已开始。说张爱玲一生的创作，一直在审判她父母的影子，尤其是审视她和她母亲的关系，这也并不是夸张的说法。

孟悦、戴锦华《浮出历史地表》⑥曾讨论现代文学中的"弑父"主题，相比之下，"五四"以来小说散文中的母亲形象以正面居多。很多作家如胡适、鲁迅、茅盾、郁达夫、老舍等，幼年丧父，生活里、文学中均以母亲为启蒙老师。在现代作品当中，即使是乱伦如一团火的繁漪，仍然获得作家及读者的同情。《寒夜》中的母亲与媳妇之间虽令男主角为难，却还是善与善的冲突。但在张爱玲笔下，《倾城之恋》中的母亲早就令白流苏失望心寒，《金锁记》里的七巧，也不惜亲手毁坏女儿幸福。而《小团圆》则将这种紧张的母女关系推向细腻的极致。小说刻画像蕊秋这样一个一直在与女儿“较劲”的母亲形象，同时也解析着像九莉这样一直与母亲斗争的女儿，两个女人的情感互动，构成了一个多层次的既畸形又正常的母女人性关系。

一

九莉“敌视你的亲人”的第一个层面是因为“爱的缺乏”，女主角一直在期盼母亲的爱，同时也一直在怀疑母亲是否爱她，以一种近乎仇恨的心情在观察、审视母亲对她的态度。

小说开篇就写母亲到香港学生宿舍看望女儿，“暑假中食堂空落落的，显得小了许多。九莉非常惋惜一个人都没有，没看见她母亲”⑦。

九莉其实非常希望母亲来看她，也急切盼望有同学看见她母亲的来访。炫耀母爱当然基于母爱稀缺，事实上母亲来港行程、伴侣、目的女儿均不知。亨利嬷嬷问住处，回答是浅水湾酒店，“两人都声色不动，九莉在旁边却奇窘，知道那是香港最贵的旅馆，她倒会装穷，占修道院的便宜，白住一夏天”[8]。一不小心，蕊秋又陷穷学生女儿于窘境。从四岁到十六岁，母亲缺席。十六岁后，女儿又觉得自己是母亲的包袱。小说里的母女关系，至少在九莉看来，凡事都在较劲，较劲的最重要道具，就是钱。收到安竹斯教授赠送的八百港币“助学金”，九莉第一时间“等不及拿去给她母亲看”，“幸而今天本来叫她去，不然要熬一两天，怎么熬得过去”，[9]焦急要分享快乐，说明母亲在女儿心中的情感地位。正因为如此，母亲漠然收下，然后无声无息赌钱输掉，而当时女儿仍处在兴奋之中，“那两天的工夫才是真不知道怎么过的，心都急烂了”，很晚“才明白过来”，于是少女心灵受到重大打击：“就像有件什么事结束了。不是她自己的决定，不过知道完了，一条很长的路走到了尽头。”[10]“不是她自己的决定”，却也不是蕊秋的愿望。小说里反反复复标出两人之间的距离。“自从那八百港币的事之后，对她母亲极度淡漠，不去想她”[11]，就算听到母亲男友劳以德战死的消息亦木然。

英文小说《易经》对这个八百港币事件原有更详细解释。母亲露在看到钱后仔细打听这位外国教授的情况，并且借故到浴室观察女儿入浴的身体：

> 琵琶离开前洗了澡，正要拿毛巾，浴室门砰的一声打开来。露像是闯入了加锁的房间，悻悻然进来，从玻璃架上取了什么，口红或是镊子，却细细打量她。她当下有股冲动，想拿毛巾遮掩身体，这么做倒显得她做贼心虚。可是即使是陌生人这么闯进来，她也不会更气愤了。僵然立在水中，暴露感使她打冷颤，她在心里瞥见

了自己的全貌，宽扁的肩膀，男孩似的胸部，丰满的长腿，腰还没有大腿粗，露甩上门又出去了。

原来她母亲认为她为了八百块把自己给了历史老师，而她能从外表上看出来。老一辈的人说分辨女孩子还是不是处女有很多种方法，有的说看女孩子的眉毛，根根紧密的就是处女，若蔓生分散，就不是贞洁的女人。她母亲反正自己的事永远是美丽高尚的，别人无论什么事马上想到最坏的方面去。琵琶就不服气。……⑫

这个身体及贞操“被看（被审视）”的场面同时表达了女主角所感受的三重羞辱。第一，怀疑女儿为了钞票就和外国教授发生关系，对于“一直觉得只有无目的的爱才是真的”⑬的女儿来说，是一种不可原谅的误解。第二，母亲自己生活浪漫，在访港期间就同时与英国军官、毕大使及劳以德“交往”

（有汽车接送，昂贵的浅水湾酒店恐怕也是别人“买单”，像女儿后来的小说人物白流苏一样），整部《小团圆》里母亲的中外情人有名有姓至少十几人，她却仍用传统“处女情结”来审察女儿，使女儿心里很不舒服。第三，如果像母亲猜疑的那样，八百块果真是女儿牺牲贞节所得，那毫不在意就赌输了这笔应该说是来之不易的钱，连个说明道歉也没有，也太不重视女儿的“身价”了吧——女主角于是裸露着身体和情操，感到羞愧耻辱。

或许考虑中文读者的情感承受能力，《小团圆》在八百块事件上并没有像十几年前的英文稿子那样将母女关系撕裂得这么血淋淋，但“有件什么事结束了”这种对母爱的幻灭效果却是一样清楚的。在另一些地方，随着年岁渐老，有些记忆的细节在反复书写中越来越透出寒意。如母女之间仅有的一次身体接触，在英文《雷峰塔》里有这样的描写：

从百货公司里出来，得穿越上海最宽

敞最热闹的马路。

“过马路要当心，别跑，跟着我走。”露说。

她打量着来来往往的汽车、电车、卡车，黄包车和送货的脚踏车钻进钻出。忽然来了个空隙，正要走，又踌躇了一下，仿佛觉得有牵着她手的必要，几乎无声的啧了一声，抓住了琵琶的手，抓得太紧了点，倒像怕琵琶会挣脱。琵琶没想到她的手指这么瘦，像一把骨头夹在自己手上，心里也很乱。这是她母亲唯一牵她手的一次，感觉很异样，可也让她很欢喜。⑭

以上文字，写于二十世纪五十年代后期。同一件事作家在一九七五年用中文重写了一遍：

九莉……那年才九岁。去了几个部门之后出来，站在街边等着过马路。蕊秋正说“跟着我走，要当心，两头都看了没车子……”忽然来了个空隙，正要走，又踌躇了一下，仿佛觉得有牵着她手的必要，一咬牙，方才抓住她的手，抓得太紧了点，九莉没想到她手指这么瘦，像一把细竹管横七竖八夹在自己手上，心里也很乱。在车缝里匆匆穿过南京路，一到人行道上蕊秋立刻放了手。九莉感到她刚才那一刹那的内心的挣扎，很震动。这是她这次回来唯一的一次形体上的接触。显然她也有点恶心。⑮

虽然《雷峰塔》写得较早，但中译本的出版却在《小团圆》之后。有些一字不差的句子，不排除中文译者可能参照了《小团圆》的文字。但两个文本的不同之处显然更值得关注。手指瘦，从“像一把骨头”，到“像一把细竹管横七竖八”，意象从中性转为负面。牵九岁女儿之手过马路需要这么为难、踌躇乃至内心挣扎吗？更重要的是十五年前作家还记得母亲牵手“让她很欢喜”，可在《小团圆》中却说蕊秋“也有点恶心”。“也”字在这里就有点新批评学者燕卜荪（William Empson）所谓的“含混”（ambiguily）的语义效果了[16]。可以说母亲在紧张、挣扎、犹豫之余自己“也”觉得恶心；或可以用母亲“也有点恶心”来暗示女儿当时心理反应（或记忆中）的“恶心”。总之，“欢喜”的心情是不见了、遗忘了，或被改写了。

这一种浴室相遇觉得耻辱、过马路牵手也要挣扎的母女关系，既是病态个案，又有某种国人不敢正视的普遍人性的原因。小说中为母亲送行“也没流泪”：“九莉心里想，好像以为我们会哭还是怎么？”[17]对照早期散文《私语》里的儿时片段，为母送行因情况需求而流泪，不是麻木迟钝，而是过分敏感或特别需求而导致的缺失感。以爱写恨，以恨写爱，《小团圆》里遍布这些情意与细节的连环多层次递进。如夸女儿长相，母亲说“头圆”而没说眼睛美，没想便伤了女儿的心。[18]但母亲梳的头发，到回学校后“塌了下来”，她也“舍不得去碰它，由它在眼前披拂，微风一样轻柔”。[19]女儿艰难捕捉母爱片段种种，分分钟在猜疑注解母亲的好心恶意。蕊秋安排九莉去英国，女儿又以为是要赶走她，同时又反省自己：“没良心，人家造就你，再嘀咕你也都是为你好，为好反成仇。……她想到跳楼，让地面重重的摔她一个嘴巴子，此外也没有别的办法让蕊秋知道她是真不过意。”[20]虽然是伤痛是畸形，但仍是伤痛畸形的爱。有次蕊秋说“我知道你二叔伤了你的心”，“九莉猝然把一张愤怒的脸掉过来对着她……”，“二叔怎么会伤我的心，我从来没爱过他”。[21]

一句话道出“仇母心结”的部分原因：蕊秋能够伤她的心，还是因为她爱母亲。

二

九莉“敌视你的亲人”的第二个层面，是她自觉不能符合母亲的要求，进而觉得是母亲的一个负担，陷于自卑状态。

在其他散文、回忆录里，张爱玲早就显示了她对于父母两种不同教育的矛盾态度。在理性上，母亲所带来的现代的、西方的、民主的、时髦的文明自然是光明的，也是作家从小所向往的。但父亲身边的鸦片气味、红楼梦氛围、大家庭腐败贵族细节，又一直为作家所留恋。在象征意义上，这也是张爱玲小说在现代文学语境里迷恋晚清传统气味的一个缩影。不过在《小团圆》里，对母亲教育方式的厌烦进一步发展到了对母亲为人乃至形象的不满。“九莉从小听蕊秋午餐训话，讲营养学，一天不吃蔬果鱼肉就有犯罪感。”[22]当年母亲回国一见面，就批评女儿袜子穿得难看，发型也不对。[23]弹钢琴、穿衣服、说话举止、处理师生关系，总之九莉事事让母亲不满。等到香港见面时，“蕊秋这次见面，似乎打定主意不再纠正她的一举一动了。……她觉得她母亲对她死了心了”[24]。可是九莉儿时“画小人，画中唯一的成人永远像蕊秋，纤瘦、尖脸、铅笔画的八字眉，眼睛像地平线上的太阳，射出的光芒是睫毛”㉕。因为曾是偶像（在某些方面，相貌、艳史，无意识中或许后来也一直是偶像），所以母亲对她的失望，当然也使她绝望。

“上海还没有成为孤岛之前，蕊秋已经在闹着‘困在这里一些也不能动’，九莉自己也是她泥足的原因之一。”女主角从父亲处逃出，和母亲、三姑一起生活。这是小说情节，也大致是作家生平史料。当时她母亲虽年近中年，但风韵犹存，生活浪漫，有很多外国和中国的情人和追求者，突然十几岁的女儿从父亲处逃出，要和母亲一起生活（以后又要出国来港），的确给她母亲的生活方式带来一些“负担”。散文《私语》记录过她们之间的爱如何被每天的碎钱、琐事、闲气所消磨损耗。《小团圆》里对这些细节，有更精致的文学加工。有次家里请客，椅子不够，九莉从隔壁房里艰难推来一个沙发，“进了客室的门，筋疲力尽，忽见蕊秋惊异得不能相信的脸”。“你这是干什么？猪！”[26]又有一次，九莉好心给母亲买了一枝花，回家卸去白纸绿纸卷，花蒂断了。“九莉‘哎呀’了一声，耳朵里轰然一声巨响（这是张爱玲在恋爱紧急关头才用的“红楼梦笔法”），魂飞魄散，知道又要听两车话：‘你有些笨的地方都不知道是哪里来的，连你二叔都还不是这样。’‘照你这样还想出去在社会上做人？’……‘不要紧，插在水里还可以开好些天。’蕊秋的声音意外的柔和。”[27]这种因“恐母情结”的惯性而期待母亲的责怪，但最后母亲没有责骂的反高潮情节也出现于英文小说《雷峰塔》中：

> 琵琶打破了茶壶，没敢告诉她母亲，怕又要听两车话。去上麦卡勒先生的课，课后到百货公司，花了三块钱买了最相近的一个茶壶，纯白色，英国货，拿她从父亲家里带出来的五块钱。三块似乎太贵了，可是是英国货，她母亲应该挑不出毛病来。

露倒是吃惊。“不犯着特地去配一个，我们还有。”她轻声道，心虚似的。[28]

这类情节，既抱怨蕊秋的教育如何使女儿害怕，也自省九莉如何因自卑而误解错怪母亲。某日，“九莉微笑道：‘我一直非常难受，为了我带累二婶，知道我将来怎样？二婶这样的人，倒白葬送了这些年，多可惜。’蕊秋顿了一顿，方道：‘我不喜欢你这样说——’‘我不喜欢你。’九莉仿佛隐隐地听见说”[29]。

这种日积月累的幻听幻觉的负疚感终于导致女儿想出还钱的恶毒主意，与小说前半部八百元港币事件形成叙述结构上的呼应对照。

“花的这些钱我一定要还二婶的”，“装在一只长盒子里，埋在一打深红的玫瑰花下”。这个场景女儿幻想了很多次。

为此，女主角接受了男人的一箱钱，最后换成二两金子，包在手帕里。见到再次从欧洲回来的已经年老的母亲：

九莉低声笑道：“那时候二婶为我花了那么些钱，一直心里过意不去，这是我还二婶的。”

“我不要。”蕊秋坚决地说。

……蕊秋流下泪来，“就算我不过是个待你好过的人，你也不必对我这样。‘虎毒不食儿’哎！”[30]

这是一段令人震撼的文字，但母亲流泪，作家仍然不让女主人公和读者落泪：“是不是应当觉得心乱？但是她竭力搜寻，还是一点感觉都没有。”[31]

读到这里，我放下书本，想了半天：何至于此？[32]

蕊秋明白还钱等于断情，但不明白女儿要断情的真正原因，蕊秋“以为是因为她浪漫。作为一个身世凄凉的风流罪人，这种悲哀也还不坏”[33]。

九莉（或张爱玲）大概想今日断情是由于昨日

无情（八百元等等日积月累的母爱的缺乏与滥用），但在我读来，其实母亲的浪漫美丽确是一个极重要的因素。母亲的“性教育”、她的生活方式及她本人的形象对女儿一生身心的影响，恐怕九莉（或作家）都缺乏足够意识。

这就是“敌视你的亲人”的第三个层面，即女儿与母亲在“性”的意义上的无意识竞争关系。

三

《小团圆》把胡兰成以自传名义在《今生今世》里描述的胡张恋史改编成张爱玲所谓的“爱情故事”[34]（评论家黄锦树概括为“女主角何以不惜一切爱上显然不该爱的人”[35]），关键性的文学改编有三：一是将在理论上既不相信一夫一妻文化，在情感上也可以问心无愧，习惯“一株牡丹花开数朵，而不重复或相犯”[36]的传统文人，刻画成在恋爱问题上颇有良心矛盾（能痛苦反省“一个人能同时爱两个人吗”）的现代知识分子。二是将获得女人金钱资助视为骄傲光荣的风流才子，改写成给九莉提来不止一箱钞票的“有责任心”的“贪腐文化官”。三是将标榜潇洒情史应当一切坦白的胡兰成，改写成为武汉护士的事躲躲闪闪，从而让女主角一直处在猜疑、嫉妒、痛苦和委屈之中的男人邵之雍。

以上一、三两条线索曾经会合，构成《小团圆》的一个情节高潮，那就是邵之雍在九莉家阳台痛苦发问“一个人能同时爱两个人吗”之后，又对九莉提起护士小周“那样好的人，一定要给她受教育”，“‘但是她那么美！’他又痛苦地叫出声来”。到这个时候，女主人公终于明白了，“她从心底里泛出鄙夷不屑来”，然而，就在九莉激动愤怒与男人摊牌之关键时刻，她心里却在暗暗和母亲对话，不自觉想起母亲说过：“要爱不止一人——其实不会同时爱，不过是爱一个，保留从前爱过的。”[37]这个戏剧性场面浓缩交叉了整本小说的两条主线。叙事者紧接着就解释，女主角之所以对男人这么信任、这么软弱，都和她母亲有关。“这也是人生的讽刺，九莉给她母亲从小训练得……”[38]

关于男女爱情，母亲从小如何“训练”？虽然，如前所述，九莉整体上反感厌烦母亲的教育，但对其中涉及“性”的言论（多半是闲言碎语）却记得分外用心，小说中到处都是：

“只要不发生关系，等到有一天再见面的时候，那滋味才叫好呢！一有过关系，那就完全不对了。”说到末了声音一低。[39]

“……我们中国人不懂恋爱，哪有才进大门就让人升堂入室的。”[40]

（讲到送女儿出国）“人家都劝我，女孩子念书还不就是这么回事，……”“但是结了婚也还是要有自立的本领，宁可备而不用。”[41]

“现在都是说‘高大’，”蕊秋笑她侄女们择偶的标准，“动不动要拣人家‘高大’。这要是从前的女孩子家，像什么话？”听她的口气“高大”也秽亵，九莉当时不懂为什么——因为联想到性器官的大小。[42]

“一个女人年纪大了些，人家对你反正就光是性”，末一个字用英文。[43]

“反正中国人就知道。只要是个处女，……”九莉诧异到极点，……少女处女的话也使她感到污秽。[44]

母亲这些不同语境不同时段的有关“性”的议论，对女儿来说，情绪上当时大都反感，态度细节却影响深远，尤其联系到母亲自己的浪漫生活方式，这些零星的“性教育”更具反讽效果。《小团圆》中提到蕊秋有很多男友，浅水湾追她未成的毕大使，出现在海水里（后来出卖她）的英国男友，在新加坡被炸死的劳以德，早期没离婚前所爱的简炜，上海期间劝蕊秋不要资助女儿出国留学的英国人马寿，还有法国人，还有为女儿看伤寒的德国医生……我现在论文里肯定还有数漏了的，可小说里九莉却一一记得！

在蕊秋这种自相矛盾的谨慎“言传”和浪漫“身教”之下，她女儿将如何恋爱、生活、快乐、挣扎呢？在小说里，我们看到，无处不在的潜意识影响，却汇出逆向的后果：蕊秋的“言传”头绪纷乱，宗旨是性关系要矜持——九莉却冲动、无目的，不仅当年一见钟情，晚年仍在回忆“警棍”“兽”。蕊秋的“身教”是“多元化”，拿得起放得下——九莉却专一，不能自拔，不愿，不肯，不甘心，但又无法不步母亲后尘（打胎、爱情失败、晚年孤独……）。

蕊秋和九莉的关系，在“性”的意义上，与其说是母女，像师生，不如说更似竞争对手。小说里很多细腻又触目的形体对视。九莉会和比比议论她母亲是否漂亮。[45]母亲初次回国，“她垂着眼睑，脸上有一种内向的专注的神气，脉脉的情深一往”[46]。整个观察颇不似儿童视角。再次回国时，“九莉觉得惊异，她母亲比以前更美了，……尤其是她蓬着头在刷头发，还没抹上淡红色瓶装水粉，秀削的脸整个是个黄铜雕像”[47]。这里有崇拜、羡慕，甚至也有妒忌。双方对身体的注视都很敏感，三姑说“细高细高”，蕊秋说模特儿也有这一款，为女儿“护卫”。女儿在母亲浴室里、在诊所，也注意“蕊秋单薄的胸部的侧影，蕊秋有点羞意与戒备的神气，但是同时又有她那种含情脉脉的微醺”[48]。小说中充斥了大量两个女人观察对方身体的细节，有注视、欣赏，也有挑剔、嘲讽。不仅关于发型衣饰打扮，有时直指身体器官。但到了后来在香港，“人一憔悴，就乱了章法”，缠过足的腿穿泳装，九莉就要冷眼看母亲出洋相，母亲英国男友也使她感到秽亵。[49]

有次回国时接船，小说这样描写：

> 大家挤在狭小的舱房里说笑得很热闹，但是空气中有一种悄然，因为蕊秋老了。人老了有皱纹没关系，但是如果脸的轮廓消蚀掉一块，改变了眼睛与嘴的部位，就像换了个人一样。[50]

这么刻薄的笔法，说明九莉在多年的竞争较劲中，最后觉得自己终于赢了。在还钱给蕊秋之时，她不看流泪的母亲，只看镜中的自己："她向大镜子望了望，检查一下自己的脸色，在这一刹那间，她对她空蒙的眼睛、纤柔的鼻子、粉红菱形的嘴、长圆的脸蛋完全满意。…… 时间是站在她这边的。胜之不武。"[51]

张爱玲小说中每次主人公照镜都有重大意义，这次是庆祝胜利。可是胜了谁？胜了自己的母亲？

等到张爱玲在《对照记》中同时收入她母亲年轻貌美游欧留影和她自己手持"金日成逝世"新闻

报纸的苍老照片，作家会发现，时间的优势也是暂时的。能够用来抵抗消解她母亲压抑她大半生的美丽阴影的唯一武器，只有写作，不厌其烦的有关母亲的重复写作。

最不可思议的情节设计是女儿患伤寒时曾遭母亲责骂："反正你活着就是害人！像你这样只能让你自生自灭。"[52]似乎是一时气话，多年后九莉才知，当时母亲没钱请医生，以身为酬。蕊秋一生浪漫，众多男人皆一时心头所好，唯这位胖胖的德国医生是为女儿牺牲的例外。再次令读者惊讶，直到此刻，女主角仍坚持说："有些事知道得太晚了……九莉竟一点也不觉得什么——知道自己不对，但是…… 感情用尽了就是没有了。"[53]

女主人公一生在和很多女人争夺邵之雍，又和很多男人争夺她母亲。

简而言之，《小团圆》中的母亲形象，显示了作家极其苛刻严厉的"审母情结"。和后来王蒙的代表作《活动变人形》的"审父情结"相似，对上一代家人的带情感的审判，也是二十世纪中国作家恋恋不舍地解构剥离自己与时代与传统的关系。张爱玲笔下的母亲，是一个半小脚、着泳装、携带中国古董漂洋过海寻求西方个性（女性）解放的美丽而又不幸的女人，她的浪漫感性和对金钱的现实感都遗传给了她的女儿。在象征意义上，《小团圆》的“审母”也是对“五四”以来中国人拥抱、引进西方文明却又难逃现实困窘的尴尬文化处境的一个个案分析。从女性主义文学批评的角度看，母女之间几十年心思细密、情意纠结的教育、反叛、羡慕、妒忌、关爱、争斗，最后却一直只是两个弱者之间的互相折磨，且都在或一次或多次的“性别战争”中走向浪漫的惨败。倘若联系二十世纪二三十年代以来其他很多文学作品中的慈祥、辛劳、可敬、可怜的母亲形象，则《小团圆》也在心理学意义上挑战和开拓了现代文学的伦理边界。

所以这是一部与时代脱节却又可以承受时间考验的小说。

注释

①王德威：《雷峰塔下的张爱玲：〈雷峰塔〉〈易经〉，与“回旋”和“衍生”的美学》，此文原以英文写成，根据为香港大学出版社出版的张爱玲英文小说 *The Fall of Pagoda*、*The Book of Change* 作的两篇序言发展而成。王宇平翻译。载《印刻文学生活志》，INK，Literary Monthly，Nov. 2010。

②“《小团圆》情节复杂，很有戏剧性，full of shocks，是个爱情故事，不是打笔墨官司的白皮书”，见张爱玲致宋淇的信，1976 年 1 月 3 日，载宋以朗《〈小团圆〉前言》，张爱玲：《小团圆》，香港：皇冠出版社，2009 年，第 6 页。

③张爱玲：《小团圆》，香港：皇冠出版社，2009 年，第 276 页。

④这两本书的中译本《雷峰塔》《易经》，2010 年已由香港皇冠出版社出版。

⑤张爱玲致宋淇的信，1975 年 9 月 18 日，载宋

以朗《〈小团圆〉前言》，张爱玲：《小团圆》，香港：皇冠出版社，2009 年，第 6 页。

⑥孟悦、戴锦华：《浮出历史地表》，北京：中国人民大学出版社，2004 年。

⑦同注③，第 28 页。

⑧同注③，第 29 页。

⑨同注③，第 31 页。

⑩同注③，第 32 页。

⑪同注③，第 77 页。

⑫张爱玲：《易经》，赵丕慧译，香港：皇冠出版社，2010 年，第 138 页。

⑬同注③，第 165 页。

⑭张爱玲：《雷峰塔》，赵丕慧译，香港：皇冠出版社，2010 年，第 162 页。

⑮同注③，第 92 页。

⑯燕卜荪（William Empson，1906—1984）在他的名著《含混七型》（*Seven Types of Ambiguity*）中很重视“能在一个直接陈述上加添细腻意义的语言的

任何微小效果”，很欣赏“任何语义上的差别，不论如何细微，只要它使一句话有可能引起不同反应”（第175页），转引自赵毅衡：《新批评——一种独特的形式文论》，北京：《中国比较文学》，1988年，第175页。

⑰同注③，第94页。

⑱同注③，第90页。

⑲同注③，第125页。

⑳同注③，第145页。

㉑同注③，第138页。

㉒同注③，第75页。

㉓同注③，第79页。

㉔同注③，第42页。

㉕同注③，第89页。

㉖同注③，第136页。

㉗同注③，第134页。

㉘同注⑭，第327页。

㉙同注③，第40页。

㉚同注③，第 287 页。

㉛同注③，第 288 页。

㉜后来蕊秋仍没收钱。金子最后还给了逃亡中的邵之雍，外加一部电影的稿费。

㉝同注③，第 288—289 页。

㉞“《小团圆》……是个爱情故事，不是打笔墨官司的白皮书”，见张爱玲致宋淇的信，1976 年 1 月 3 日，载宋以朗《〈小团圆〉前言》，张爱玲：《小团圆》，香港：皇冠出版社，2009 年，第 6 页。

㉟黄锦树：《家的崩解》，《读书人》，《联合报》2009 年 3 月 8 日。

㊱胡兰成夸奖范秀美语，见胡兰成：《今生今世》，北京：中国社会科学出版社，2003 年，第 237 页。

㊲同注③，第 236 页。

㊳同注③，第 237 页。

㊴同注③，第 83 页。

㊵同注③，第 128 页。

㊶同注③，第 137 页。

㊷同注③，第 145 页。

㊸同注③，第 283 页。

㊹同注③，第 137—138 页。

㊺同注③，第 27 页。

㊻同注③，第 82 页。

㊼同注③，第 123 页。

㊽同注③，第 150 页。

㊾同注③，第 43 页。

㊿同注③，第 279—280 页。

51同注③，第 289 页。

52同注③，第 149 页。

53同注③，第 195 页。

一个故事的三种讲法

一

曹禺的《日出》、张恨水的《啼笑因缘》和张爱玲的《沉香屑·第一炉香》，是文学史上三部意义很不相同的作品。但这三部作品的基本情节却颇为相似：都描写了一个女人如何贪图金钱虚荣而沉沦堕落的故事。女主人公（陈白露、沈凤喜、葛薇龙）都是年轻貌美，都有学生背景，她们都放弃和背叛了自己的情感原则，或成为交际花，或嫁给年老的军阀。当然，三部作品对这同一个故事有着不同的写法。如果我们把这女学生的堕落视为一个过程，那么其中的转折点便是她初次为了金钱而屈从一个她所不喜爱的男人的那个时刻。从这个转折点着眼来考察三部作品，我们不难发现其间叙述结构上的差异：《日出》是“略前详后”，《啼笑因缘》是“详前详后”，而《沉香屑·第一炉香》则是“详前略后”。同一个情节模式，因叙述重点和角度不同，其主旨和意义也相去甚远。

陈白露在《日出》里一出场，已是交际花身份，住在豪华的酒店里。“她穿着极薄的晚礼服……一种嘲讽的笑总挂在嘴角。神色不时地露出倦怠和厌恶”[①]。总之，我们初次见到陈白露，她已处在堕落日久、日渐步向最后毁灭的阶段。整出戏（第一、二、四幕）都在写她不甘心堕落但又无力自拔。但是堕落以前的陈白露呢？《日出》交代得异常简略。我们只知道她原来叫竹均，“出身，书香门第……教育，爱华女校的高才生，……父亲死了，家里更穷了，做过电影明星，当过红舞女……一个人闯出来，自从离开了家乡，不用亲戚朋友一点帮忙……”[②]除了这段跳跃式的身世概括以外，陈白露在第四幕里还告诉方达生，她以前有过一次因平淡而失败的婚姻。丈夫是个诗人，后来似乎追求革命去了。但这种《伤逝》式的婚姻悲剧还是不能解释陈白露最初的堕落。她当初是怎么“离开了家乡”，“一个人闯出来”，怎样从竹均变成白露的细节，《日出》是完全淡写了。这样“略前详后”的效果便是，第一，读者（观众）不知道女主人公当初“失足”时是否曾有以及有多少选择的余地；第二，读者（观众）只看见女主人公今日堕落之苦且依然纯真，天良未泯，可以假设她身处污泥当是被迫无辜；第三，既然女主人公只是受害者，那么谁应对这美女自杀的悲剧负责呢？显然就是那“损不足以奉有余”③的社会。虽然这意识形态的观点（vision）其实是从茅盾等左联主流作家那里传来的，但具体在《日出》里，这观念必须构筑在“略前详后”的叙述中。

《啼笑因缘》中女人堕落的故事是平铺直叙，“详前详后”的，第十三回凤喜接受刘将军存折的那一瞬间，不仅是这个女人一生的转折点，也是整部小说情节上的支点。作家花了几乎相等的篇幅，分别叙述“堕落”之前的种种预兆、准备，以及“堕落”之后的种种后果与不幸。沈凤喜原是贫家女，一家人在北平天桥卖唱为生。后被一个南方书生樊家树看中，开始入学堂。不久樊回杭州探望病中的母亲，凤喜却因为一个现已嫁给军官做姨太太的前歌女的介绍，遇到了军阀刘将军。刘将军先是请凤喜打麻将并故意让她赢钱，然后又用汽车接送请她听戏并赠以项链再塞给她钱。所有这些细节都有详尽铺陈。《啼笑因缘》当时在全中国最大的报纸之一上海《新闻报》上连载，[4]张恨水当然要尽量延长小市民读者对富贵梦的期待，同时又时刻提醒人们：此乃“不道德的交易”。凤喜当时也是既惊喜又慌张，既惶恐又内疚。她的家太穷，枕下的几百块钱又太烫人了，叫她怎能入睡？梦中却见到恩人和情人樊家树，于是次日决定退礼还钱。不想刘将军接着便出硬牌，派大兵和警察到沈家骚扰，并将凤喜抢进刘府唱大鼓书。在刘府，将军先是发怒，强迫凤喜为妾。在凤喜昏厥又醒来后，他又安排女仆伺候，并提出要娶凤喜为太太：

> 刘将军笑道："……这两本帐簿，还有帐簿上摆着的银行折子和图章，是我送你小小的一份人情，请你亲手收下。"凤喜向后退了一退，用手推着道："我没有这大的福气。"刘将军向下一跪，将帐簿高举起来道："你若今天不接过去，我就跪一宿不起来。"凤喜靠了沙发的圆靠，倒愣住了。停了一停，因道："有话你只管起来说，你一个将军，这成什么样子？"刘将军道："你不接过去，我是不起来的。"凤喜道："唉！真是腻死我了！我就接过来。"说着不觉嫣然一笑。……⑤

在这女主人公"堕落"的关键时刻，张恨水特意安排几个樊家树的侠义朋友在窗外观察动静，准备随时救凤喜。这个过分戏剧化的细节意在说明即使在最危急时刻，凤喜仍可说“不”字且有路可逃(虽然她自己当时并不知道)。换言之，作者怎么也不给堕落的女人一个“别无选择”“完全被迫”的理由。于是在小说的后半部分，不管凤喜如何在将军府挨骂、被打、受虐待乃至羞愧成疾疯疯癫癫，人们始终不会毫无保留地同情她。社会固然害了她，但她也不是完全无辜。小市民读者在满足了金钱虚荣冒险梦后，是一定要惩罚梦中的“失足者”以让醒者（自己）安心的：亏得我没有去做……所以张恨水后来说：“……至于凤喜，自以为把她写死了干净；然而她不过是一个绝顶聪明，而又意志薄弱的女子，何必置之死地而后快；可是要把她写得和樊家树坠欢重拾，我作书的，又未免‘教人以偷’了。总之，她有了这样的打击，疯魔是免不了的。”⑥

《沉香屑·第一炉香》葛薇龙的故事是“详前略后”的，堕落前的每个环节步骤每次犹疑选择都有详述细描。张爱玲似乎也像她所喜欢的张恨水一样，认真追究女主人公对自己的沉沦该负多少责任。

但葛薇龙其实更似陈白露：她们都是知识分子家庭出身的真正的女学生（而非刚套上学生服的街头卖唱少女）。《沉香屑·第一炉香》好像正结束在《日出》的第一幕上，是否葛薇龙的故事正在补述陈白露那空白的“过去”？当然，补述的结果会使人们对陈白露这个女人及其与社会之关系有不同的理解。薇龙也是因为“家里穷”而不得不向生活腐化的姑母求助的。她第一次踏足梁太太在香港半山的豪宅后，惊羡之余便有恐惧之感：“回头看姑妈的家，依稀还见那黄地红边的窗棂，绿玻璃窗里映着海色。那巍巍的白房子，盖着绿色的琉璃瓦，很有点像古代的皇陵……”⑦但薇龙到底年轻自信：“只要我行得正，立得正，不怕她不以礼相待。”⑧这是薇龙进梁家前的第一次选择。

姑母原是香港富豪梁季腾的四姨太，好不容易熬成富孀却已徐娘半老。收留薇龙是为了用这女孩吸引男人。薇龙住进梁家当晚便在卧房里发现一大橱“金翠辉煌”的衣服，“她到底不脱孩子气，忍不住锁上了房门，偷偷的一件一件试穿着，却都合身，她突然省悟……一个女学生哪里用得了这么多?”这个省悟使薇龙“膝盖一软”，“低声道：‘这跟长三堂子里买进一个人，有什么分别?’”[9]显然薇龙在那个时刻，已预感到她日后在梁家的角色。是夜她和凤喜一样昏沉不能入睡，梦中也有音乐伴着试衣。“柔滑的软缎，像‘蓝色多瑙河’，凉阴阴地匝着人，流遍了全身。”[10]于是，薇龙入睡前对自己说了两遍“看看也好!”这是她的第二次选择。[11]

凤喜贪钱其实是理性的——贫穷的家人一直在教她钱的重要性，她还理智地计划嫁军阀后熬十年再出头的前景。但在睡梦中她会良心发现，在情感上愧对书生情人。而薇龙在理智上一直清醒地看到堕落的危险，反而在梦中，绸缎可以变成音乐匝着她。张恨水、张爱玲对人性堕落中情与理、无意识与道德的关系分析正好相反。相比之下，理性的堕落较难原谅，情感的迷失较难逃避。

“看看也好”的结果就是薇龙生活方式的改变。

她小心翼翼地看着姑母的眼色应酬男人，被姑母抢去追求者时又心有不甘。不过这些都还只是堕落的准备阶段。最难堪的选择是在被姑母的老相好、汕头搪瓷大王司徒协突然套上一只手镯以后。这个细节张爱玲写得惊心动魄。狂风暴雨之夜，三人同坐一车，梁太太笑着给她看司徒协刚送的一只三寸来阔的金刚石手镯：

> 车厢里没有点灯，可是那镯子的灿烁精光，却把梁太太的红指甲都照亮了……薇龙托着梁太太的手，只管啧啧称赏，不想咯拉一声，司徒协已经探过手来给她戴上了同样的一只金刚石镯子。那过程的迅疾便和侦探出其不意地给犯人套上手铐一般，薇龙吓了一跳，一时说不出话，只管把手去解那镯子，偏偏黑暗中摸不到那机栝。她急了，便使劲去抹那镯子，……⑫

在梁太太劝说下，薇龙一时无法退回这镯子。她当然清楚这镯子的意义："一晃就是三个月，穿也穿了，吃也吃了，玩也玩了，交际场中，也小小的有了点名了。普通一般女孩子们所憧憬着的一切，都尝试到了。天下有这么便宜的事么？"[13]薇龙知道，"惟一的推却的方法是离开这儿"，薇龙也知道，"三个月的功夫，她对于这里的生活已经上了瘾。她要离开这儿，只能找一个阔人，嫁了他"[14]。从薇龙开始，后来张爱玲笔下有过很多这样的女人，将嫁人作为"职业"和"事业"。作家不仅加以嘲讽，也试图给予理解。要嫁人，"找一个有钱的，同时又合意的丈夫，几乎是不可能的事。单找一个有钱的罢，梁太太就是个榜样"[15]。不能说薇龙没做挣扎，她至少拒绝了梁太太（也是凤喜）的道路，她宁可在"爱"字上冒险，正是司徒协那副手镯，逼得薇龙迅速改变了对乔琪的态度，从谨慎暗恋，到期待婚嫁。这是第三次，也是非常关键的一次选择。

但薇龙很快（约会当晚）发现了乔琪的为人。

爱的理想虽崩溃，征服欲却仍在延续膨胀。她想回上海，又生了场病。梁太太已将她的生活要求提得那么高，乔琪又已将她的情感自信心压到那么低。回去，还是留下？这是第四次，也是最后一次选择。为了抓住（嫁给）乔琪，薇龙最终还是需要（而且不断需要）司徒协的“手镯”。从此以后，“薇龙就等于卖给了梁太太和乔琪，……不是替乔琪弄钱，就是替梁太太弄人”⑯。小说到此为止，再没有继续写交际花薇龙的生活之苦及可能有的悲惨结局。⑰

陈白露堕落的前因不明，凤喜则只是贪钱，而张爱玲却为葛薇龙的沉沦设计了如此充足的理由，四次选择，前三次都不无合理之处，自然而然，却导向了第四次的荒唐。同一个故事，《日出》着重写纯洁女人的无辜与厄运，所以符合（而且代表了）要求社会变革的二十世纪三十年代主流意识形态。《啼笑因缘》突出下层女子的道德缺点，所以既满足也劝诫了小市民的虚荣梦（作品里的绝大多数人，都有资格关心、帮助、拯救和评判凤喜）。《沉香屑·第一炉香》解析的是女人（乃至人性中）更普遍的弱点，所以在抽象层面，显示了人受虚荣、情感支配无法解脱，在历史层面，则表达了对都会小市民（尤其是女人）生态心态的理解和同情。薇龙的前三次选择，是否也可能是一般人的选择呢？小说不是多次强调葛薇龙是个“普通”的女孩子吗？而且，值得特别留意，她是“一个极普通的上海女孩子”。

二

三部作品都和二十世纪三四十年代的上海有关，但又都不完全在写上海。

《日出》通常会给人一个描写二十世纪三十年代上海十里洋场的印象。这里有两个原因：一是因为《日出》第一幕最初（一九三六年六月）在上海《文季月刊》[18]上发表时，方达生提到过要离开上海“这个地方”。二是因为这出戏最早（一九三七年二月）是由欧阳予倩执导在上海卡尔登大戏院[19]公演的，戏中布置与戏院外南京路公共租界街景颇相似，然而实际上，《日出》并非写于上海，曹禺以前也没有在上海长期住过，只在一九三四年夏来上海做过一次短暂旅行（他花了很多时间流连忘返“大世界”和四马路，观察、同情街边的妓女，临离沪时对女友说：“我要写一部戏，抒发一下。”）。[20]曹禺晚年追忆说：当时在上海自杀的“阮玲玉是触发写《日出》的一个因素”。《日出》在《文季月刊》连载后，于同年十一月由上海文化生活出版社出单行本。可是单行本里已无“上海”字样，《日出》成了一出可以在中国任何沿海商埠发生的故事。我们当然可以从技术原因上去解释这一改动，据田本相和俞健萌、曹树钧的两本《曹禺传》，《日出》是一九三六年夏曹禺在靳以的不断催稿声中赶写而成的。[21]写一幕发表一幕。所以很有可能在写第一幕时，曹禺为揭露那“损不足以奉有余”的社会形态，选择了十里洋场——他认为是当时中国最黑暗腐化的地方下笔。可是他对上海了解有限，写作过程中不得不用一些北方的细节（比如窗外工人唱的北方调子，第三幕里的天津窑子等），因此全剧完成后，作者要把背景弄“虚”一点，像上海，又不一定是。

欧阳予倩等人在初排《日出》时，大概也感到了第三幕的北方风味与全剧的气氛背景不协调，所以就索性删去了第三幕。为此曹禺十分激动和不满，不惜“顶撞”中国话剧运动的前辈，在北京的《大公报》上刊出万字长文《我如何写〈日出〉》（即《日出·跋》），强调第三幕的重要性：

> 《日出》不演则已，演了，第三幕无论如何应该有。挖了它，等于挖去《日出》的心脏，任它惨亡……

言重至此，原因何在？细读《日出》，我们看到大凡与都市生活有关的道具布景台词动作，都是腐化堕落和丑恶的象征。比如第一幕介绍陈白露所住的旅馆休息厅，“屋内一切陈设俱是畸形的……墙上挂着几张很荒唐的裸体画片……圆形小几嵌着一层一层玻璃，放些……西洋人形、米老鼠之类”。而且这一切均见不得阳光：“窗前的黄幔幕垂下来，屋内的陈设看不十分清晰，一切丑恶和凌乱还藏在黑暗里。”[22]这一个背景，贯穿了第一、二、四幕（即上海初演《日出》的全场），暗示这洋场背景便是陈白露堕落的原因。倘要表现主人公善良可爱依然纯真呢？那就只有靠自然的霜花以及窗外清凉的风或隐隐存在的“日出”。作品反复强调“这个地方”堕落，并美化乡村和自然作为反衬，虽然曹禺揭示“社会悲剧”的意识形态框架颇似《子夜》，但这种以乡村、大自然为“武器”批判现代西化都市文明的态度却很合沈从文的口味（难怪《日出》在《大公报》得奖时能同时得到茅盾和沈从文的欣赏）。[23]批判十里洋场需要支点，单靠霜花空气等毕竟太抽象空洞，这就是为什么曹禺一定要第三幕的原因。第三幕写的是一个北方妓院，嵌在《日出》的洋场背景，在情节上直观展示了陈白露生活的恐怖性，在气氛上更构成了一种北方朴素道德（“翠喜有一颗金子般的心”——曹禺）与南方世（市）风淫靡沦丧的对照。不仅在道具、布景、色彩上是个对比，甚至在台词语言上，翠喜的北方俚语也构成对张乔治、潘月亭洋腔洋调的一种平衡。同样是舞女、美酒、香水、摩天楼，同时代的刘呐鸥、穆时英是欣赏玩味，甚至矛盾，在批判中亦不无迷恋。曹禺到底不是“海派”，所以他一定需要翠喜、小东西才能完成《日出》的内在平衡。

倘说《日出》是京派文人写上海又批判上海，那么《啼笑因缘》便是鸳鸯蝴蝶派大师为了上海读者而写北平了。《啼笑因缘》在某种意义上是由作家、编辑、评论家和读者“共创”的——这是一个通俗文学如何尊重读者的典型例子。一九二九年五月，上海《新闻报》主编严独鹤赴京认识了张恨水，当场约稿，第一个要求便是“上海市民要看武侠”。这便是小说中三个女主角之一关秀姑的来由。而作为情节主线的凤喜的故事，其实来自当时一段社会新闻。一位张恨水所喜欢的地方戏演员高翠兰被当地一个旅长抢走了。社会舆论纷纷谴责该旅长横蛮，但张恨水私下却表示：如果高翠兰一点都看不上旅长，旅长何以用动念抢她。不久人们果然看到两人愉快地拍结婚照。[24]显然这段素材的人性和社会意义太曲折复杂，所以张恨水将它改造成常见的“逼良为娼”模式。不过其中凤喜堕落的最关键处，如前所引，是已经渗入了高翠兰（准确地说，是张恨水所理解的高翠兰）的影子。正是这稍稍超出读者期待的微妙改动，使《啼笑因缘》中凤喜的遭遇，有别于“贞女不屈维系世风”和“女人无辜社会有罪”的新旧俗套。不过，严独鹤再三叮嘱说“上海人要看噱头”，单是侠女加“逼良为娼”还是不够。在与上海来的朋友左笑鸿反复商量后，张恨水设计了何丽娜这第三个女主角。何乃富家小姐，擅长交际，喜欢跳舞，自己开车，每天需要昂贵的鲜花，但又知书达礼、人情练达、性格温和。在痴情于樊家树后更愿意戒虚荣耐清苦。小说描写何丽娜与沈凤喜相貌酷似，这一特意安排的细节构成了不少情节上的巧合和误会，更象征着小市民女人的两面性格：同样是美丽和虚荣，可以走向贪财进而道德迷失，也可以有节制地享受都市物质生活和现代男欢女爱而不失道德分寸。在惩罚了沈凤喜的金钱梦后，何丽娜的生活方式及风度便不失为上海市民读者的一种理想了。《啼笑因缘》也是边连载边创作的，从严独鹤那里反馈而来的上海读者的意见，也“参与”着张恨水的写作过程。等到一九三〇年秋他去上海和三友出版社及明星电影公司签合同时，市民仍每天排队买《新闻报》以期望先睹小说情节的发展，看樊家树到底在三个女子之间如何做选择。最后，侠女虽忠勇却被敬而远之；凤喜虽娇美终因失足而发疯；唯有漂亮富有又善解人意的何丽娜，与男主人公越来越接近……我有时想，假如《啼笑因缘》当初是在北京的报上连载，结局是否会有所不同？

同《啼笑因缘》为了上海读者而写北平的情况

相似，《沉香屑·第一炉香》也是为了上海人而写香港。张爱玲自己说过："我为上海人写了一本香港传奇……写它的时候，无时无刻不想到上海人，因为我是试着用上海人的观点来察看香港的。只有上海人能够懂得我的文不达意的地方。"[25]

我理解这里所谓"上海人的观点"，至少包括道德口味、异国情调和都市意象三个层次。

《沉香屑·第一炉香》的"上海人的"道德口味，是比较灵活通达但又不失原则的。一方面，女人喜欢好衣服顺理成章，为了求学费也不妨小做牺牲。但另一方面，"上海"在《沉香屑·第一炉香》里又是道德尺度和"家"的象征。葛薇龙一觉得有堕落的危险，便立刻想到回上海，"在老家生了病，房里不会像这么堆满了朋友送的花，可是在她的回忆中，比花还美丽的，有一种玻璃球，是父亲书桌上用来镇纸的，家里人给她捏着，冰那火烫的手。……那球抓在手里很沉。想起它，便使她想起人生中一切厚实的，靠得住的东西……"[26]在这个时刻，上海成了厚实、可靠和温暖的象征——中国现代文学作品里，像这样的时刻并不多见。

“上海人的观点”的第二层意义便是异国情调。由于当时的上海是比香港更发达更现代化的大都市，所以读者寻找的“异国情调”，首先并不是西洋景、摩天楼和现代氛围，而是奇特的中西文化混杂，具体地说，便是殖民地里的东方情调。在上海女孩子薇龙眼里，梁家豪宅的客厅“里面是立体化的西式布置”，可“炉台上陈列着翡翠鼻烟壶与象牙观音像，沙发前围着斑竹小屏风……”小说还特别描写女主人公身上那“别致的校服翠蓝竹布衫，长齐膝盖，下面是窄窄裤脚管，还是满清末年的款式”，言下之意，颇有不满：“把女学生打扮得像赛金花模样，那也是香港当局取悦于欧美游客的种种设施之一。”[27]更明显的找寻“异国情调”的例子是梁太太的园会。虽然一派英国作风，《夏日最后的玫瑰》伴唱，草地上却“遍植五尺来高福字大灯笼，黄昏时点上了火，影影绰绰的，正像好莱坞拍摄《清宫秘史》时不可少的道具”[28]。这里的“异国情调”至少是双重的：西方人在香港找到“伪东方”，上海人在香港看到“伪西方”。

“上海人的观点”背后是都市文化，在《沉香屑·第一炉香》里表现为一种混淆人工与自然界线、将生活戏剧化的“都市意象”。我在一篇讨论当代华文散文的论文里曾引用过张爱玲关于都市文化的一个观点：“像我们这样生活在都市文化中的人，总是先看海的图画，后看见海；先读到爱情小说，后知道爱；我们对于生活的体验往往是第二轮的，借助于人为的戏剧，因此在生活与生活的戏剧化之间很难划界。”[29]这种“生活的戏剧化”正是张爱玲小说意象的重要特点之一。在《沉香屑·第一炉香》里，用上海眼光看香港，当然注意山水景色。但葛薇龙也是先看惯了海的图画，现在才看到海。当她面对山水风景情绪激动时，大自然就会扭曲成人工制品：“（太阳偏西后的半山）大红大紫，金丝交错，热闹非凡，倒像雪茄烟盒上的商标画。”[30]“梁家那白屋子黏黏地融化在白雾里，只看见绿玻璃窗里晃动着灯光，绿幽幽的，一方一方，像薄荷酒里的冰块。”[31]通常的文学比喻，都是从人的主体方位出发，由我及他，由近及远，由室内到室外，由人工到自然。简单如“女人像花（一样美丽）”，繁复如“丁香空结雨中愁”（李后主），结构相同。可是在葛薇龙（张爱玲）眼里：

月亮才上来，黄黄的，像玉色缎子上，刺绣时弹落了一点香灰，烧糊了一小片。[32]

中午的太阳煌煌地照着，天却是金属品的冷冷的白色，像刀子一般割痛了眼睛。[33]

天完全黑了，整个世界像一张灰色的圣诞卡片，一切都是影影绰绰的，……[34]

所有这些意象都是“逆向”营造的：半山、白雾、月亮、天空及世界成了本体，雪茄烟盒上的商标画、薄荷酒里的冰块、缎子上的香灰、金属品以及圣诞卡片成了喻体。从《沉香屑·第一炉香》开始，《传奇》里到处都是这类将自然人工化、将环境物品化、将世界装饰化的绝妙意象。精致如《金锁记》开篇，“三十年前的月亮……像朵云轩信笺上落了一滴泪珠，陈旧而迷糊”。尖刻如七巧形容其媳妇的厚嘴唇：“切切倒有一大碟子。”[35]传神如佟振保迷惘地看街景：“风吹着的两片落叶踏拉踏拉仿佛没人穿的破鞋，自己走上一程子……”[36]隽永如《茉莉香片》里的核心意象：“她是绣在屏风上的鸟——悒郁的紫色缎子屏风上，织金云朵里的一只白鸟。”[37]“女人”像“鸟”——看上去回到了常见的普通的象征秩序，然而这“鸟”，又是人造的。张爱玲这么喜欢用人工世界形容自然世界且刻意混淆两者界线，既体现她本人对室内物品的细致持久的特别兴趣，也显示了她对都市环境、都市情调的美学理解，更渗透了“归根结底什么是真的？什么是假的？”[38]的哲理疑惑。所有这些张爱玲式的独特意象，不仅要在灯红酒绿的背景里才能创造，而且也要在嘈杂市声的氛围里才能欣赏。这是否可以说明为什么张爱玲一离开四十年代的上海，其作品就失却了那令人压抑的魅力？同时也可能解释为什么在比较物化的都市，如上海、香港、台北，她的作品特别流行。而且——幸与不幸——随着中国越来越都市化，环境越来越“物化”，张爱玲早期的小说，也许会有更多的读者。

三

把三个女人故事中的男主角放在一起考察，更能见出张爱玲创作与“五四”文学主流之间的复杂关系。

“五四”文学中的爱情故事有若干模式。一是“书生拯救风尘女子”（如郁达夫《迷羊》、曹禺《日出》）；二是“书生‘创造’新女性”（如鲁迅《伤逝》、叶圣陶《倪焕之》、茅盾《创造》以及鸳鸯蝴蝶派的《啼笑因缘》）；三是“书生为纯洁女人所救（欲情净化）”（如郁达夫《春风沉醉的晚上》《迟桂花》、施蛰存《梅雨之夕》等）。

书生与风尘女子的模式在中国文学中历史悠久，直到“文化大革命”后仍有可观的发展。但在二十世纪二三十年代，这些书生男主角的拯救努力多以失败告终。《迷羊》的女主角最后不告而辞，说是为了男主人公的身体，其实是男主人公无法改变她的命运。方达生想感化、拯救陈白露的欲望和责任毫不逊色于自《李娃传》以来的他的许多前辈。然而他也救不了白露，只是提醒她发现自身的痛苦。在《日出》里，方的功能主要是一个代表“五四”知识分子的视角（陈白露花钱租最好的房间，只是为了让方达生“看看这个地方”）。在曹禺的《雷雨》和巴金的《家》里，也都有类似想救下层女子（四凤、鸣凤）而不成的热血新潮的青年。不过周冲、觉慧见证的是旧传统的衰落，方达生批判的是现代西化都市的腐败。当真从男女情爱角度看，这些书生主人公其实都不太了解他们所要救的女人。

第二类模式中的男主人公们，与第一类相似，也是自上而下俯视他们所爱的女人——区别是，第一种女人已沦落风尘，第二种女人可从旧家庭或不自主婚姻中逃脱出来。女人在这里，主要不是性爱对象，而是启蒙、教育、感化的对象。子君在热恋中睁大美丽的眼睛听涓生讲易卜生、泰戈尔和雪莱，涓生便觉得中国的女性是有希望的。茅盾笔下的君实为了培养和“创造”理想的女性伴侣，便给娴娴安排各种应读的西方学说课程。倪焕之所爱的女人，根本就是他的学生。这种启蒙式的“爱”，颇能象征“五四”知识分子想象中的他们与民众的关系。然而这类书生“创造”新女性的故事从《伤逝》开始也大都以失败告终。经济的困惑，生活的平淡，使子君醉心于油鸡和阿随，使倪焕之的女学生在婚后变得平庸俗气。陈白露从前那段失败的婚姻，是“伤逝”意念的一次文本移植。在茅盾的《创造》里，女主人公更沿着男人启蒙的方向走向激进“左”倾，进而抛离了丈夫兼导师。《啼笑因缘》是写给不同类型的读者看的，可是男主人公却也颇具“五四”启蒙精神（张恨水是民国鸳鸯蝴蝶派作家中最焦急追赶时代潮流的一个。在老舍鼓励之下，他的《啼笑因缘·自序》便以白话写成）。贫穷的卖唱女沈凤喜与知书达礼的富家小姐何丽娜面容相似，都很娇美，何以樊家树会先爱上前者呢（张恨水的第二个太太就是他从孤儿院里救出来的，后来生活并不愉快。第三房倒是名门闺秀）？这里是否也有一个“五四”男人的心理习惯：一定要拯救、感化、启蒙、教育和“创造”自己所爱的女人呢？或者反过来说，同情、可怜、感化、启蒙、教育、创造、拯救……这些就是“爱”的方式和内容。有意思的是，樊家树的启蒙也和涓生、倪焕之、君实一样失败。而失败的原因更平庸些：樊家树从一开始就用钱来帮助凤喜（及其全家），后来凤喜便去追求更多的钱了。

在郁达夫、施蛰存等作家笔下有另一类书生，他们陷在自身的精神苦闷中，突然遇上一个玉洁冰清的女人。这类男主人公的苦闷，可以是忧国忧民不得后的抑郁，可以是怀才不遇或家庭烦扰，也可以是自己都不觉察的情欲苦闷。他们也会以同情、帮助的姿态去接近那女人（了解女工工作情况、借伞遮雨过街……），接近时他们也会有冲动，但最后，也许那女人太纯洁、太自然或太有分寸，他们都能够克制乃至净化自己的情欲苦闷，达到一种新的心理平衡。显然，女人在这种偶遇中心里想些什么全不重要。是否她在期待，是否她很害怕，读者也不清楚。小说的中心始终是男主人公的情欲、感觉与潜意识之间的波澜。这时书生面对女人，犹如面对山水，一切都是主观情绪的对象化。

所以，以上三种爱情小说模式有两个基本的共同点，第一是男主人公身份固定：一定是知识分子，一定是青年，一定接受了“五四”新潮，一定性格柔弱多愁善感。第二是女主人公的品格固定：无论是已出入风月场中（《日出》）或反叛传统家庭（《伤逝》），无论是烟厂女工（《春风沉醉的晚上》）或名门闺秀（《迟桂花》），这些女人都必定是面貌玉洁、性情冰清。否则，她们怎么值得去救？怎么可能被“创造”？怎么能够帮助男主人公达到情欲净化的境界？

在回顾“五四”爱情小说的这些背景后，我们才会看到张爱玲笔下的女性世界的文学史意义。葛薇龙的故事，有意无意地改写了陈白露的“前半生”，这会使所有的方达生们感到困惑和扫兴：难道竹均当年变成白露，在某种程度上可能是自愿的选择？难道她除了自杀或回乡下以外，还可能有别的很多出路，比如找到平庸的幸福（如白流苏）或挽留那“千疮百孔的感情”（如《留情》里的敦凤）？难道“五四”知识分子所要拯救所要创造的玉洁冰清的女人，心里想的却是那么现实的问题：衣服上的花边，镜子里的倩影，毕业后的工资，嫁什么样的人，如何找房子、找女佣……更重要的是，难道白露、薇龙的堕落，不仅仅是由于社会制度的罪恶，也不仅仅是因为主人公一时的道德错误，而是基于某种更普遍的人性弱点（小市民的虚荣）？这样说来，即使社会制度天翻地覆，白露与薇龙的故事仍会延续？

“五四”爱情小说中的女性形象，或是被拯救被启蒙的物件，或是协助男主人公平衡精神危机的媒介，她们自身的心理欲望反而很少得到重视。在这个意义上，张爱玲改写女人堕落的故事，可以说是对二十世纪四十年代已成为文坛主流的“五四”意识形态的一种挑战。在回答傅雷的批评时，张爱玲表白过何以她不能和当时大多数的作家保持一致：“我发现弄文学的人向来是注重人生飞扬的一面，而忽视人生安稳的一面。其实，后者正是前者的底子，又如他们多是注重人生的斗争，而忽略和谐的一面。其实，人是为了要求和谐的一面才斗争的。强调人生飞扬的一面，多少有点超人的气质。超人是生在一个时代里的。而人生安稳的一面则有着永恒的意味，虽然这种安稳常是不安全的，而且每隔多少时候就要破坏一次，但仍然是永恒的。它存在于一切时代。它是人的神性，也可以说是妇人性。”[39]在张爱玲看来，“五四”文学主流[40]是歌颂超人的，而她则更关心常人。不同于“五四”小说表现“飞扬”而美化（也虚化）女性形象，也有别于莎菲女士式的表现女性的飞扬，张爱玲把她的女主人公（薇龙、流苏、敦凤、七巧）放回更现实的日常生活层次，让她们终日沉迷或算计衣服、房子、钱、首饰……同时也将笔触探至“妇人性”与人性的普遍弱点：情欲、嫉妒、虚荣、疯狂……用余斌的一句话概括就是：“在《传奇》中，普遍的人性定在普通人的身上。”[41]

关于张爱玲的作品涉及“人性的普遍弱点”，海内外学者已有不少研究。[42]但对于张爱玲笔下这“普通人”的身份，论者不多。其实张爱玲所写的就是“大都市里的小市民”。大概没有哪个严肃的现代作家（甚至张恨水）会像张爱玲这样主动站出来“标榜”自己是“小市民”：

眠思梦想地计划着一件衣裳，临到买的时候还得再三考虑着，那考虑的过程，于痛苦中也有着喜悦。钱太多了，就用不着考虑了；完全没有钱，也用不着考虑了。我这种拘拘束束的苦乐是属于小资产阶级的。每一次看到“小市民”的字样我就局促地想到自己，仿佛胸前佩着这样的红绸字条。[43]

这里的“红绸字条”，是个反讽的象征。局促感则来自主流意识形态的压力。“小资产阶级”是个外来的政治概念。整个社会都在忙于看“完全没有钱”的人与“钱太多了”的人做斗争，张爱玲却注意到了介于两者之间的人们的重要性。“五四”文学写得最多最出色的，是知识分子（革命先锋）和农民（革命主力）。小市民们向来只有张恨水等才会念及。可张爱玲却觉得“张恨水的理想可以代表一般人的理想”[44]。张爱玲执着于写小市民。不仅是批判他们的虚荣软弱，更是认同、肯定他们的日常生活欲望的合理性（背后是否还有社会、国家的发展趋势？不妨读读在《传奇》这本小说集中押后的唯一一篇散文《中国的日夜》)。张爱玲对所谓大历史是有她自己的看法的，她对“五四”启蒙的方式和后果一直颇有微词。在散文《谈音乐》里，张爱玲又一次以实拟虚，以“五四”运动来形容她所不喜欢、敬而远之的交响音乐，结果却轻描淡写地道出了李泽厚、林毓生几十年以后才讨论的“五四”启蒙的缺陷问题：

大规模的交响乐……似浩浩荡荡五四运动一般地冲了来，把每一个人的声音都变了它的声音，前后左右呼啸嚓嚓的都是自己的声音，人一开口就震惊于自己的声音的深宏远大，又像在初睡醒的时候所听见人向你说话，不大知道是自己说的还是人家说的，感到模糊的恐怖。

(张爱玲:《谈音乐》,《苦竹》月刊第 1 期,上海:1944 年 1 月)

其实“五四”初期中国也还是有多种声音的，

只是在经过三十年代的日趋“左”倾且越来越“主流”化以后，“五四”才使张爱玲感到被声音（话语）包围的压力。这种压力伴随在种种现代中文的语言叙述模式中，远不是沦陷区等特殊环境所能完全切断隔开的。夏志清认为张爱玲的风格是在“不受左派理论的影响”的特殊环境下“安心培养”出来的，其创作“绝对不受左派小说模式的影响”(She is absolutely uninfluenced by the leftist modes of Chinese fiction……)[45]，如果我们不仅仅将“影响”狭义地理解为“模仿”“跟随”“受指导”，同时也包括“刺激”“干扰”“制约”“对话”“挑战”等因素，夏志清这一后来为很多人复述的观点其实不无可商榷之处。《传奇》一书，十之八九是写男女情爱两性战争。在四十年代动笔写这类故事，张爱玲无法不正视已在读者中深入人心的同类故事的“五四”主流写法（如《日出》）以及鸳鸯蝴蝶派（如《啼笑因缘》)。任何新的创作，都必须面对已有作品的“压力”。在某种意义上，创作便是作家与作家之间就某个共同关心的故事而展开的“对话”。当张爱玲借用张恨水的某些方法来改写《日出》模式时（其结果便是发表在《紫罗兰》上的《沉香屑·第一炉香》立刻被柯灵等看中），张爱玲有意无意将自己置身于与“五四”主流文学（以及二十世纪三十年代左翼模式）的紧张对话关系之中。而这种挑战多于承袭的紧张的对话关系，也正是张氏作品的文学史价值所在。

张爱玲笔下的女人，如前所述，打破了“五四”作家们所创造的等待被启蒙被拯救的“娜拉出走”模式。相比之下，张爱玲作品里的男人，却更多一些“五四”风采。余斌认为张爱玲擅写旧式好男人：“只要他在旧文化的背景下出现，只要他在某种程度上负荷着所谓传统的分量，张爱玲的笔触立时显得沉稳有力、不浮不乱。只要将佟振保、米晶尧与乔琪、范柳原作比较，就可以证明上面的判断。”乔和范“在各自的故事中都是所谓男主人公，出现的机会也不少，但作者始终不能……进入他们的内心世界。当她希望在浪子的特点以外从他们身上找到一点更为结实的东西以丰富人物形象时，人物形象反而模糊了——他们始终是影影绰绰的影子”。[46]其实，范柳原和乔琪还是不同的。严格区分，张爱玲笔下的男人至少有三类（尚不包括那些没有直接卷入爱情游戏的角色，如《茉莉香片》中的弟弟等）。一类是“好人”型，如《红玫瑰与白玫瑰》里的佟振保、《封锁》里的吕宗桢等，他们既陷于情欲冲动又困于道德顾忌，稍有机会便进攻女性。却终念及“朋友妻不可欺”而放弃做“真人”，只能在特殊时空下一窥自己的欲望（如在“封锁”期间与同车少女谈婚论嫁，解禁后仍然用报纸包着包子回家）。第二类男人是“浪子”，如《金锁记》里的季泽和《沉香屑·第一炉香》里的乔琪。他们进攻女性技巧高超、不乏温情但缺乏责任感且无廉耻。没有任何托词，乔琪只许诺薇龙“纯粹的快乐”。而薇龙被吸引，也既非怜爱书生亦非贪图富贵，而只是纯粹“想去吻他的脑后的短头发”。这“一种近于母性爱的反应”，很像莎菲当年如小孩要糖果般渴望一吻凌吉士（丁玲是张爱玲很注意的一个作家），非文化、政治、经济理由所能解释，这真的无药可救。但假如薇龙像七巧对季泽那样，抑制、消灭自己的欲望呢？张爱玲告诉我们那后果会更惨：终生身心失调且会加害他人。值得注意的是第三类男人，“才子”加“公子”型。范柳原大概是“才子”与“公子”双重身份的典型代表。在张爱玲小说里，一个再三出现的布局是有华侨身份留学归来的新潮男人与中国旧式家庭的小姐谈恋爱。范柳原、童世舫（《金锁记》）等也都像“五四”文人般认真地企图感化、启蒙他们所爱的（外貌虽“玉洁”内心并不一定“冰清”的）女人。这种有钱的“五四”书生与美貌的小市民女人之间常常不能沟通却又十分融洽地对话缠绵，是张爱玲非常乐意描写且驾轻就熟的［在象征层面上，这种对话更是意味深长：这是经受西方文化洗礼后的留学生在帮助、拯救困于中式传统的弱女子呢，还是洋装的花花公子趁火打劫欺负中国的处女（长安）和寡妇（流苏）？这是人文主义的（性）启蒙呢，还是殖民主义的（性）侵略？]。

范柳原也喜欢读诗（不是《沉沦》中的华尔华兹，而是《诗经》），也渴望自然山水、破垣断壁乃至“地老天荒”，也想通过女人寻找中国梦。童世舫也不无“五四”书生气，满心期望帮长安离开旧式家庭。不过张爱玲的男主人公通常不像郁达夫（或其他“五四”作家笔下）的书生们那样“穷”——这是一个极重要极关键的改动。书生不穷，所以范柳原他们就不再持有激进革命的政治立场（莎菲当年就因凌吉士喜欢打网球、辩论会、留学哈佛等中产阶级趣味，而唾弃了这位曾引起她情欲的南洋华侨）。书生不穷，他的“反常”的情欲苦闷（出入风月场、偷窥、婚外情、变态趣味等）也就较难被解释成“反叛社会的畸形方式”或“忧国忧民曲折表现”了。“五四”主流文学倘描写男人的性进攻姿态，一般是负面处理且视乎身份的。如是下层民众，行为多愚笨可笑，如阿Q向吴妈求爱、《春蚕》

里多多头捏女人大腿，或《萧萧》里花狗的行径。如是富绅老板，则多是淫荡罪恶，如吴荪甫强奸女佣、赵伯韬玩弄冯眉卿之女，又如克安、克定、潘月亭、胡四、张乔治等，但如果主人公是穷书生且忧国忧民，那他的性苦闷就值得同情渲染了。男性对女性的性进攻姿态，需要借助民族—国家语言和启蒙救国使命，才能"理直气壮"起来，这并不是郁达夫等少数作家作品里的罕见情况。觉慧对鸣凤，倪焕之对他的女学生，萧涧秋（柔石《早春二月》）对寡妇，涓生对子君……《日出》其实是最好的例子：全剧中几乎所有男人，如果进攻白露都是一种淫荡，只有方达生是个例外（因为他有"新思想"，也因为他穷）。

方达生在白露华丽的客厅里想寻找纯真朴素自然的"竹均梦"。范柳原在上海舞会上与白流苏一见钟情，却也把流苏想象成纯朴的中国女人。他"理解"同情流苏在旧式家庭和传统礼教下的困境，企图救流苏离开上海，再希望流苏离开香港去马来西亚丛林，以真正转回自然……然而与所有这些或真心或扮演的书生梦、才子气无关，流苏关心的是范公子的钱。最后由于战争的契机两人结婚，但这是否意味着流苏被范启蒙改造成他梦想的纯真朴素的中国女人呢？很成问题。范最后浪漫地“执子之手”，假如某日他真的穷极潦倒，上海美女白流苏是否还会继续在断墙前听他背《诗经》？在象征意义上，是否范白之恋才更像启蒙者与市民之间的关系？

所以，因为张爱玲笔下的女人已经不同，她的男主角们，即使想学“五四”书生风度，也成了真情的演戏。在《日出》里，观众可循方达生的目光看陈白露及十里洋场。在《啼笑因缘》里，读者可随樊家树的品位去选不同女性。但在张爱玲那里，男主人公们（尽管留学归来见多识广），对那些和他们“拖手”、接吻、做爱的女人们的了解，还不如我们读者多。男人在张爱玲作品里，只是解释的对象，而非解释的视角。

但这不完全因为张爱玲是女作家。因为女作家（如丁玲）常让女主人公做视角去选不同男人（背后通常是不同生活道路）。张爱玲笔下的来自旧式家庭的小市民女人，也很少会成为读者可以认同的观察与叙述视角。

那就是为什么在炎樱设计张爱玲激赏的《传奇》增订本封面上，居高临下倚窗观望室内中国旧式家庭风景的那个外来者，既非小说中屡屡闯入旧式家庭的留洋男人，亦非作品里想走出或已走出旧式家庭的女主角，而是一个不成比例、线条突兀、面目空白的“抽象人”（留着通常是女性的发型）。

在比较《日出》《啼笑因缘》和《沉香屑·第一炉香》的叙述结构时，本文讨论了同一故事所传达的不同道德主题及意识形态内涵。而考察三篇作品的制作、流通和接收过程，又会涉及京、沪、港三种不同地域文化在中国现代文学中的不同色彩和角色。这一章的主要话题是性别，男女之性与男女之争，但性别问题迅速转入有关“五四”的讨论。“五四”书生，既是启蒙者（人文），又有着男人的躯体（精神）。大概性别问题，从来就是一个文化政治问题。

注释

①曹禺：《日出》，上海：文化生活出版社，1936年11月初版。《中国新文学大系1927—1937·戏剧集二》，上海：上海文艺出版社，1985年，第160页。

②同注①，第174页。

③曹禺后来解释过："《日出》希望献予观众的应是一个鲜血滴滴的印象，深深刻在人心里也应为这'损不足以奉有余'的社会形态。"（《日出·跋》，见曹禺：《日出》，香港：香港东亚书局）

④张恨水是当时唯一能同时在《新闻报》和《申报》上开专栏连载小说的作家。《啼笑因缘》和鲁迅《申报·自由谈》的稿酬是当时最高的（千字拾元银洋），参见袁进：《鸳鸯蝴蝶派》，上海：上海书店出版社，1994年8月。

⑤张恨水：《啼笑因缘》，太原：北岳文艺出版社，1994年1月，第209页。

⑥同注⑤。

⑦张爱玲：《沉香屑·第一炉香》，《回顾展II》，香港：皇冠出版社，1991年9月，第272页。

⑧同注⑦，第272页。

⑨同注⑦，第276页。

⑩同注⑦，第277页。

⑪陈炳良教授十年前在他的《〈第一炉香〉的主题与主角》一文早就特别注意并反复引用"看看也好"这句独白，因为它说明薇龙对"诱惑没有加以抗拒"。《张爱玲短篇小说论集》，台北：远景出版公司，1983年，第81页。

⑫同注⑦，第292页。

⑬同注⑦，第294页。

⑭同注⑦，第294页。

⑮同注⑦，第295页。

⑯同注⑦，第310页。

⑰女人为了金钱而跟随男人，其结局在张爱玲笔下并不总是悲剧。张爱玲后来写了《倾城之恋》

式的"庸俗的幸福"。也写了《留情》那样的"千疮百孔"的"爱"。当然，也有《金锁记》式的彻底的疯狂。傅雷（化名迅雨）的《论张爱玲的小说》，从"五四"反礼教的主流意识形态和传统士大夫道德准则出发，只欣赏《金锁记》的悲剧，而不能接受一个"堕落"女人所可能有的其他结局。

⑱《中国新文学大系1927—1937·戏剧集二》在收录《日出》时注明作品原载《文学季刊》1936年6、7、8、9月号，即第一卷第一、二、三、四期。其实这时《文学季刊》已改名《文季月刊》，由巴金、靳以主编。《文学季刊》在北京出版时曾发表过曹禺的《雷雨》。

⑲卡尔登大戏院后改名为长江剧院，位于现黄河路（原派克路）南京西路口，国际饭店（PARK HOTEL）对面，大光明影院（The Grand Cinema）旁边，也颇近张爱玲故居之一卡尔登公寓。现已被拆除，改为普通商业楼。

⑳俞健萌、曹树钧：《曹禺》，北京：中国青年

出版社，1990年初版，第119页。

㉑田本相：《曹禺与田本相谈话记录》，1982年5月26日，见田本相：《曹禺传》，北京：北京十月文艺出版社，1988年8月，第176页。

㉒同注①，第161页。

㉓其实他们欣赏《日出》的理由是不同的。茅盾最注意作品的“中心轴——就是金钱的势力……这是半殖民地金融资本的缩影。将这样的社会题材搬上舞台，以我所见，《日出》是第一回”。言下之意，在小说里已有人写过。沈从文关心的是技巧，称道“全部剧本的组织，与人物各如其分的刻画”。转引自田本相：《曹禺传》，北京：北京十月文艺出版社，1988年8月，第200页。

㉔张明明：《回忆我的父亲》，香港：广角镜出版社，1979年4月，第23页。

㉕张爱玲：《到底是上海人》，《杂志》月刊第11卷第5期，上海：1943年8月。

㉖同注⑦，第306—307页。

㉗同注⑦，第 261 页。

㉘同注⑦，第 261 页。

㉙张爱玲：《童言无忌》，《天地》月刊第 7—8 期，上海：1944 年 5 月。

㉚同注⑦，第 271 页。

㉛同注⑦，第 273 页。

㉜同注⑦，第 287 页。

㉝同注⑦，第 307 页。

㉞同注⑦，第 308 页。

㉟张爱玲：《金锁记》，《倾城之恋》，香港：皇冠出版社，1993 年 3 月，第 169 页。

㊱张爱玲：《红玫瑰与白玫瑰》，《倾城之恋》，香港：皇冠出版社，1993 年，第 64 页。

㊲张爱玲：《茉莉香片》，《回顾展》，香港：皇冠出版社，1991 年，第 244 页。

㊳同注㉟，第 164 页。

㊴张爱玲：《自己的文章》，《流言》，上海：中国科学公司，1944 年 12 月初版。

㊵本文中所谓“五四”文学主流是一个不确定的宽泛的概念，大致包括二十世纪二十年代启蒙忧国的浪漫思潮及二十世纪三十年代以后日趋“左”倾的革命文学。很难划立到底哪些作家作品属于“主流”之列——在张爱玲那里，“五四”文学也永远是一个模糊的挑战对象。

㊶余斌：《张爱玲传》，海口：海南国际新闻出版中心，海南出版社，1993年12月，第110页。余斌不同意赵圆关于《传奇》是“开向沪港洋场社会的窗口”的说法。

㊷如陈炳良曾指出：“表面看来，《沉香屑·第一炉香》是个贪图享受、自甘堕落的故事。但作者似乎还隐藏有一个更有意义的主题在故事后面，那就是道德主题……作者就是要指出人的道德力量始终有限；同时，是相当脆弱的。”（见《张爱玲短篇小说论集》，台北：远景出版公司，1983年，第91页）又如余斌也认为：“人的不能掌握自己的命运，这是张爱玲小说的潜在主题。”（见《张爱玲传》，

海口：海南国际新闻出版中心，海南出版社，1993年12月，第112页）

㊸《童言无忌》这个题目说明张爱玲在表达自己的人文见解时有所顾忌，有一种去与“大人们”（“左”倾主流意识形态）辩论的姿态。

㊹同注㉙。

㊺C. T. HSIA：*A History of Modern Chinese Fiction*，Yale University Press，1971，p. 397.

㊻余斌：《张爱玲传》，海口：海南国际新闻出版中心，海南出版社，1993年12月，第108页。

物化苍凉——张爱玲意象技巧初探

笔者数年前曾有论文《一个故事的三种讲法：重读〈日出〉、〈啼笑因缘〉和〈第一炉香〉》（载《文艺理论研究》，1995 年第 6 期，第 29—39 页；亦选入《20 世纪中国文学史论》第 2 卷，上海：东方出版中心，1997 年）。本文中的部分论点甚至论据引文，有些曾在那篇文章中提及。不过《一个故事的三种讲法》的主要篇幅是讨论张爱玲与“五四”文学主流及鸳鸯蝴蝶派之复杂关系，涉及张氏意象结构的技术分析部分并没有说清楚，有点心有不甘。于是本文再次讨论张爱玲的“以实写虚”逆向意象文字，并试图与钱锺书、鲁迅的意象文字做一些比较。

一

叶兆言曾经回忆他在读研究生时，常和同学“争得莫名其妙”：“为了写学位论文，就好像寻找伴侣私订终身，我和老同学为钱锺书与张爱玲谁的小说更好，一定要争出是非。结果只能在两者之中挑一个，我选择了钱锺书，老同学敲定张爱玲。……那时候，天天泡在图书馆里，下狠心翻旧报纸，读那些早就过期的杂志，……在那些发黄的纸张里，我翻到张爱玲的文章，真是幸运。……张爱玲的文章属于那种让人眼睛一亮的作品。我忘不了当时无论是我，还是那位老同学，只要一看到张爱玲的东西，必定提醒对方不要错过，事实上我们也不可能错过，于是这种提醒便演变成了对张爱玲作品的讨论。”①

评论家中也常有人将张爱玲与钱锺书比较，譬如夏志清的《中国现代小说史》：“凭张爱玲灵敏的头脑和对于感觉快感的爱好，她小说里意象的丰富，在中国现代小说家中可以说是首屈一指，钱锺书善用巧妙的譬喻，沈从文善写山明水秀的乡村风景；他们在描写方面，可以和张爱玲比拟，但是他们的观察范围，较为狭小。”②费勇在其相当畅销的《张爱玲传奇》中则认为：“现代中国作家中，也许只有钱锺书小说中的譬喻，精彩程度能超过张爱玲。钱锺书的譬喻充满了居高临下的冷嘲，有着大学者的智慧、大智者的幽默；而张爱玲的譬喻充满了真正的女性意识，像一个冷静的敏锐的旁观者不经意的述说。”③

因为教书的缘故，我不免也要在课堂上比较张爱玲、钱锺书的文字。目的不在价值判断，“大智者”或“女性意识”等概念也很难界定，倒是不断注意到一个相当技术性的问题：我发现张爱玲与钱锺书在设置譬喻营造意象时，喻体与本体（意象与被象征物）之间的位置关系常常是颠倒的：

沈太太的嘴唇涂的浓胭脂给唾沫带进

了嘴，把黯黄崎岖的牙齿染道红痕，血淋淋的像侦探小说里的谋杀案的线索……④

她又看了看表。一种失败的预感，像丝袜上的一道裂痕，阴凉的在腿肚子上悄悄往上爬。⑤

钱锺书譬喻中的本体是实在的具象，是“女人的嘴”“牙齿”和“胭脂”，喻体则是抽象的“侦探小说里的谋杀案的线索”；张爱玲笔下形容的是女主角的情绪感受，意象却是具体实物：丝袜上的裂痕。类似的例子很多：

她只穿绯霞色抹胸，海蓝色贴肉短袜，镂空白皮鞋显露出深红的指甲……有人叫她“真理”，因为据说“真理是赤裸裸的”，鲍小姐并未一丝不挂，所以他们修正为“局部的真理”。⑥

女人的大眼睛只是像政治家讲的大话，大而无当……⑦鱼像海军陆战队，已登陆了好几天，肉像潜水艇士兵，会长时间伏在水里……⑧

在钱锺书这些已经被人反复引用和称赞的名句中，“鲍小姐的身体”“女人的大眼睛”“餐桌上的鱼和肉”等，都是被描绘的具象实体，用以形容这些实体（肉体）的“局部的真理”“政治家讲的大话”以及“海军陆战队”“潜水艇士兵”，则都是较抽象的事物。而在张爱玲的譬喻和意象中，次序正好相反：

梁家那白屋子黏黏地融化在白雾里，只看见绿玻璃窗里晃动着灯光，绿幽幽的，一方一方，像薄荷酒里的冰块。⑨

（太阳偏西后的半山）大红大紫，金丝交错，热闹非凡，倒像雪茄烟盒上的商标画。⑩

三十年前的月亮该是铜钱大的一个红黄的湿晕，像朵云轩信笺上的一滴泪珠……⑪

绿雾白房子、黄昏山景和几十年前的月亮，都是离叙事主体较远较虚的风景（乃至想象），喻体却是物化的意象：酒中的冰块、雪茄盒子、信笺泪珠——具体，细致，而且大都是室内用品、衣服或装饰。王安忆将张爱玲的这种笔法称之为“以实写虚”。因为一般的文学比喻，大都借用离叙述主体较远较间接的事物来形容描述眼前的具体实景，用自然、抽象、虚拟来比喻或象征人工、具体和实在。在这个意义上，张爱玲的很多意象都有些“逆向”营造——

整个的山洼子像一只大锅，那月亮便是一团蓝阴阴的火，缓缓地煮着它，……⑫

整个世界像一个蛀空了的牙齿，麻木木的，倒也不觉得甚么，只是风来的时候，隐隐的有一些酸痛。⑬

钱锺书的譬喻在结构上其实比较符合常规：以远喻近，以抽象形容具体。不过他把本体和喻体之间的距离拉得很远，“长途运输”，所以出人意料巧妙奇绝。人说女人的眼睛像星星像宝石像月亮，他说像“政治家讲的大话”——对常规联想逻辑冲击太大了，所以每个譬喻之后必须立刻附上说明：因为都是“大而无当”，所以女人眼睛和政治家讲的大话才可以并置（一箭双雕，既陌生化了美女，也满足了读书人对政治的轻蔑感）。人们都会形容性感的女性胴体如花似火像魔鬼，钱锺书却说是“局部的真理”，因为都有“赤裸裸”的特征。要形容不新鲜的鱼肉，谁会想到“海军陆战队”和“潜水艇士兵”？但只要有“登陆”“伏水”等合理中介，钱锺书的譬喻就可以跨领域、跨类别地远距离操作了。

钱锺书幽默譬喻的基本特点，不仅如上所述，本体、喻体间联想距离很远，必须补以逻辑说明，而且本体、喻体常呈现性质类别上的强烈反差。最常见的对比是“性”与“学术”。鲍小姐的身体、女人的眼睛与“性”有关，真理与政治家笑话都是学院话题。这类反差在《围城》中比比皆是，甚至也影响到后来的学院派文人。

> 我发现拍马屁跟恋爱一样，不容许有第三者冷眼旁观。⑭

> 已打开的药瓶，好比嫁过的女人，减低了市价。⑮

> 看文学书而不懂鉴赏，恰等于帝皇时代，看守后宫，成日价在女人堆里厮混的偏偏是个太监，虽有机会，却无能力。[16]

以上几段引文，其上下文均发生在讨论拍马屁、吃药和文学欣赏时，所以有关“性”的比喻（恋爱、嫁过的女人、太监）因风马牛不相及而生动传神。虽然钱锺书与张爱玲笔下的比喻本体、喻体位置常常相反，但是有一个共同点，他们的比喻都不大会在形容A像B（或B像A）之后立即停住，而是总要跟着补上一句，甚至一段文字：钱锺书要补充一句，说明毫不相关的A为什么像B；张爱玲也要紧跟一句或一段描写，但不是说明B与A之关系，而是延伸B或A或整个意象的动作性：

> 季泽正在弄堂里望外走，长衫搭在臂上，晴天的风像一群白鸽子钻进他的纺绸裤褂里去，哪儿都钻到了，飘飘拍着翅子。[17]

中午的太阳煌煌地照着，天却是金属品的冷冷的白色，像刀子一般割痛了眼睛。⑱

风吹着的两片落叶踏拉踏拉仿佛没人穿的破鞋，自己走上一程子。⑲

在大太阳底下，电车轨道像两条光莹莹的，水里钻出来的曲蟮，抽长了，又缩短了；抽长了，又缩短了，就这么样往前移——柔滑的，老长老长的曲蟮，没有完，没有完……⑳

以上引文有几个共同点：第一，起形容作用的喻体（白鸽子、金属品、破鞋、曲蟮）都是具体实物，被形容的都是特殊情境中的风景（晴天的风、中午的太阳、落叶及太阳底下的电车轨道）。第二，本体之后的补充文字，一定延伸着意象的动作性。风像鸽子，所以能拍着翅子；天如金属，才能像刀子一般割痛眼睛；落叶像鞋，故而自己走路；车轨弯曲如蟮，因此抽长缩短没有完—— 正是依靠这种动态性，张爱玲将聪明的比喻发展成充满暗示的丰富意象。

二

第三个共同点，前面引文中的几段风景，在张爱玲小说中的功能不只是渲染气氛、描写环境或铺排情节。事实上，这些风景都出现在主人公命运转折的关键时刻，都渗透了主人公的紧张心情。是刚刚拒绝了情爱的七巧的绝望的目光，在看着季泽走出弄堂，然后看见风像鸽子钻进他的纺绸褂……是振保爱上王娇蕊又犹豫不决倚在阳台栏杆上，才看到落叶像破鞋踏拉踏拉，主人公“只觉得一阵凄恻”；是即将出现封锁切断时空之前，小说才渲染电车轨像生活常规缩短伸长没有完……正因为风景本体已是一种心情，动态的实物喻体便可以将这种情绪转折和高潮意象化。为了讨论这一点，有必要重读张爱玲的早期小说《沉香屑·第一炉香》。

《沉香屑·第一炉香》女主角葛薇龙从一个来自上海的女学生逐渐陷入“不是替乔琪弄钱，就是替梁太太弄人”的处境，其间有一个相当曲折的发展过程。至少有四个相当关键的转折点，每次薇龙都有选择的机会，甚至可以说她每次的选择都有其合理性，但最后结果却是荒唐。不妨看看上一节引述的几段“以实写虚”的意象文字，分别出现在薇龙生活变化过程中的哪些场合哪些时刻。

第一次是葛薇龙初入姑姑在半山的白房子。虽然一开始她就感到那里气氛不对，下山时幻觉白房子变了坟山，但为了留在香港读书，她还是决定“睁着眼走进了这鬼气森森的世界”。正式迁入那天“是个潮湿的春天的晚上，……梁家那白屋子黏黏地融化在白雾里，只看见绿玻璃窗里晃动着灯光，绿幽幽的，一方一方，像薄荷酒里的冰块”[21]。这个“酒中冰块”意象比“坟山”更加蒙昽模糊（代表主角的心境），也更加富有生活引诱（显示主角的欲望）。

第二次转折是薇龙在衣橱里发现很多衣服，欣喜试衣后“膝盖一软，在床上坐下了，脸上一阵一阵的发热，低声道：‘这跟长三堂子里买进一个人，有什么分别？’”当晚睡梦中薇龙仍在试衣，“毛织品，毛茸茸的像富于挑拨性的爵士舞；厚沉沉的丝绒，像忧郁的古典画的歌剧主题曲；柔滑的软缎，像‘蓝色多瑙河’，凉阴阴地匝着人，流遍了全身”。这些比喻虽然都不是“以实写虚”（因此也不常被人引用），但仍然充满流动感。睡醒后她决定留下，“看看也好”。

第三次转折是司徒协在风雨轿车中替薇龙戴上金刚石手镯，意味着薇龙“培训期”的结束。“戴手铐”前也有风景预告：“黑郁郁的山坡上，乌沉沉的风卷着白辣辣的雨，一阵急似一阵，把那雨点儿挤成车轮大的团儿，在汽车头上的灯光的扫射中，像白绣球似的滚动。遍山的肥树也弯着腰缩成一团；像绿绣球，跟在白绣球的后面滚。”[22]“戴手铐”之后薇龙必须做选择，要么离开，要么嫁人。她犹豫着接近乔琪，“她竭力地在他的黑眼镜里寻找他的眼睛，可是她只看见眼镜里反映的她的影子，缩小的而且惨白的”。尽管如此，薇龙仍然顽强地爱着乔琪，依然在月光下等待，“她静静的靠在百叶门上，那阳台如果是个官乌漆小茶托，她就是茶托上镶嵌的罗钿花。她诧异她的心里那般的明晰。她从来没有这样的清醒过”[23]。这是小说中罕见的一段明净风景，接下去便发现了乔琪与丫鬟偷情。第四次，恐怕也是最重要的转折出现在薇龙病后。感冒转肺炎阻止了薇龙回上海，最后她又生疑好像生病一半是自愿的。“她明明知道乔琪不过是一个极普通的浪子，没有甚么可怕。可怕的是他引起的她那不可理喻的蛮暴的热情。”如何不可理喻？如何心痛？接下去便又是一段绝望的风景：“她躺在床上，看着窗子外面的天。中午的太阳煌煌地照着，天却是金属品的冷冷的白色，像刀子一般割痛了眼睛。秋凉了，一只鸟向山岭飞去，黑鸟在白天上，飞到顶高，像在刀口上刮了一刮似的，惨叫了一声，翻过山那边去了。”[24]

次日再见乔琪，是最后的抉择。乔琪驾车来找她，薇龙“正眼也不向他看加紧脚步向前走去，乔琪开着车慢慢地跟着，跟了好一截子”。薇龙身体不好，她停步，车也停下。她以为乔琪会说什么，却只见乔琪伏在方向盘上，“薇龙见了，心里一牵一牵地痛着，泪珠顺着脸直淌下来，连忙向前继续走去，乔琪这一次就不再跟上来了。薇龙走到转弯的地方，回头望了一望，他的车仍旧停在那儿。天完全黑了，整个世界像一张灰色的圣诞卡片，一切都是影影绰绰的……”[25]

葛薇龙“为爱情堕落”的过程就在这典型的逆向营造的世界、圣诞卡片意象中彻底完成了。

马拉美（Stephane Mallarme）认为象征主义的艺

术“就是一点一点地引出某物以便透露心绪，……或者相反，选择某物并从中抽取‘情绪’(etaed ame)”[26]。能够细细解析人物心理变化过程已经很难，将主人公心理转折中的微妙心情透露，投射为星、月、树影、风景更加不易。为什么张爱玲总还要在关键的时刻，又将苍凉的风景转化为身边室内触手可及的实物意象呢?

三

我们可以从几个不同的角度，来尝试解释何以张爱玲对“以实写虚”的意象结构情有独钟。

一是张爱玲对室内物品，尤其是对服饰的持久的特别兴趣。清末破落贵族家庭背景使张爱玲有可能接触和讲究诸如衣柜、镜台、茶具、花瓶、首饰之类的室内人工细节。她的同时代人如张子静、柯灵、周瘦鹃、潘柳黛等，在各种不同动机的回忆文章中，也都不约而同地会提及张爱玲的服饰，诸如

“张爱玲在家中盛装待客”，或者“穿黑旗袍出席首届上海文代会”之类的场景，更成为后来各种张传中的必书情节。而她笔下的人物常常以服饰素描出场，最后性情命运又化为服饰意象：

> 一个娇小个子的西装少妇跨出车来，一身黑，黑草帽檐上垂下绿色的面网，面网上扣着一个指甲大小的绿宝石蜘蛛，在日光中闪闪烁烁，正爬在她腮帮子上，一亮一暗，亮的时候像一颗欲堕未堕的泪珠，暗的时候便像一粒青痣。[27]

> 薇龙那天穿着一件磁青薄绸新袍，给他那双绿眼睛一看，她觉得她的手背像热腾腾的牛奶似的，从青色的壶里倒了出来，管也管不住，整个儿的自己也泼出来了……[28]

说是女性意识也可以，但萧红、丁玲甚至生活富裕的冰心都不曾这样处理室内实物具象。现代中国文学史上恐怕也没有哪个作家，像张爱玲那般在生活和艺术两方面都讲究服饰、家具。评论界在这方面已经有，而且以后还会继续有很多专门的研究，我在这里不拟详说了。

事实上很多作家都会利用服饰、家具等日用品道具来描写人物或铺排情节，张爱玲之所以不只是将这些服饰的细节处理成为人物性情的外部特征，更将作品关键时刻情绪高潮时的风景描写（太阳、月亮、绿雾白房、晴天的风、黄昏世界等），再物化为服饰、茶具、烟盒等具象，还因为她颇怀疑（甚至有意混淆）外景与真实、人工与自然之间的界线。在张爱玲看来，自然人工化、心理物品化、生活戏剧化乃至世界的装饰化可能都是都市文化的特点。我曾引用过她的一个观点："像我们这样生活在都市文化中的人，总是先看海的图画，后看见海；先读到爱情小说，后知道爱；我们对于生活的体验往往是第二轮的，借助于人为的戏剧，因此在生活与生活的戏剧化之间很难划界。”[29]正是因为生活与生活的戏剧化之间很难划界，所以大红大紫、金丝交错的黄昏山景成了雪茄烟盒上的商标画，月亮、泪珠与缎子香灰无法区分，整个世界既像酸痛的牙齿又像灰色圣诞卡片。也正因为在商标与山景，在泪珠与月亮，在世界与圣诞卡片之间很难划界，张爱玲的主人公如葛薇龙，才对现代都市（尤其是香港），也对自己会充满了不真实的感觉：

> 杜鹃花外面，就是那浓蓝的海，海里漂着白色的大船。这里不单是色彩的强烈对照给予观者一种眩晕的不真实的感觉——处处都是对照，各种不调和的地方背景、时代气氛，全是硬生生的给掺糅在一起，造成一种奇幻的境界。[30]

> 薇龙和乔琪坐汽车道的边缘上，脚悬

> 在空中，往下看过去，在一片空白间，隐隐现出一带山麓，有两三个蓝衣村妇，戴着宝塔顶的宽檐草帽，在那里拣树枝，薇龙有一种虚飘飘的不真实的感觉。[31]

看都市香港不调和的地方背景、时代气氛感到不真实，在都市香港看田园风景又觉得不真实。重要的不仅是张爱玲写出了双重的不真实，更在于她没有否定这些不真实的感觉，她的人物的这些不真实的感觉是真实的。她的女主人公大都是在情爱抉择的关键时刻，将她们这些对世界对爱情的不真实感哲理化，为自己真实的不合理行为寻找不真实的合理性。例如七巧在打翻酸梅汤赶走季泽的那一刻，已经意识到“他不是个好人，她又不是不知道。她要他，就得装糊涂，就得容忍他的坏。她为什么要戳穿他？人生在世还不就是那么回事？归根结底什么是真的？什么是假的？”[32]这个道理，薇龙其实比七巧更有直觉领悟，所以她没有拒绝浪子乔琪，最终只是自己受苦，不像七巧后来还害子女。而薇龙也正是在下决心嫁给乔琪的那一瞬间，才需要美丽的精神错乱，才觉得“整个世界像一张灰色的圣诞卡片，一切都是影影绰绰的”，什么是真的？什么是假的？“真正存在的只是一朵顶大的象牙红，原始、简单、碗口大、桶口大”㉝。

所以张爱玲喜欢物化虚象且充满流动感，第一，是因为她本人在生活和艺术上都对服装首饰等实物细节有过人的兴趣；第二，是由于她对都市文化“生活的戏剧化”的独特理解；第三，还表现她和她的人物关于“归根结底什么是真的？什么是假的？”的哲学困惑；第四，张爱玲的意象技巧，又和贯穿其作品的美丽的苍凉感有关。请看《沉香屑·第一炉香》末段女主人公眼中的香港湾仔市场：

她在人堆里挤着，有一种奇异的感觉。头上有紫黝黝的蓝天，天尽头是紫黝黝的冬天的海，但是海湾里有这么一个地方，有的是密密层层的灯，密密层层的耀眼的货品——蓝磁双耳小花瓶、一卷一卷葱绿堆金丝绒、玻璃纸袋装着“巴岛虾片”、琥珀色的热带产的榴莲糕、拖着大红穗子竹佛珠、鹅黄的香袋、乌银子十字架、宝塔顶的凉帽；然而在这灯与人与货之外，还有那凄清的天与海——无边的荒凉，无边的恐怖。她的未来，也是如此——不能想，想起来只是无边的恐怖。她没有天长地久的计划。只有在这眼前的琐碎的小东西里，她的畏缩不安的心，能够得到暂时的休息。[34]

这段文字，既描述了葛薇龙心情的绝望，也渗透着二十四岁的张爱玲的悲观。别的作家揭破美丽的虚假是为了直面惨淡的人生，张爱玲却在领悟苍凉之后仍抓住美丽（尽管只是手势）。别人是在描述这灯与人与货的庸俗麻木后超越为虚空悲凉，张爱玲却是正唯其虚空，所以必须把玩讲究这眼前的琐碎的东西，这些触手可及的葱绿、大红、鹅黄、乌银……在散文《谈音乐》的结尾，张爱玲曾经感慨“商女不知亡国恨”，临窗犹唱“蔷薇蔷薇处处开”，“窗外分明是日军警车在上海街头恐怖地驶过‘哗！哗！’锐叫，像轮船的汽笛，凄长地，‘哗！哗……哗！哗！’大海就在窗外，海上的别离，命运性的决裂，冷到人心里去。‘哗！哗！’渐渐远了。在这样凶残的，大而破的夜晚，给它到处开起蔷薇花来，是不能想象的事。然而这女人还是细声细气很乐观地说是开着的。即使不过是绸绢的蔷薇，缀在帐顶、灯罩、帽檐、袖口、鞋尖、阳伞上，那幼小的圆满也有它的可爱可亲。”㉟

我以为这段文字，可以读作张爱玲对自己“以虚写实”意象技巧的一个理性注解。前面讨论过的钱锺书的比喻主要是巧妙连接两个不相关事物，通常是从具象到抽象（裸体→真理；嘴唇口红→谋杀案线索）。钱锺书的悲剧感主要贯穿在小说结构里，比喻细节则俏皮、促狭、幽默。在张爱玲之前也常写景物悲凉气氛的是鲁迅。[36]但鲁迅的悲凉意象景大于物，由实（我的心情）向虚伸展，硬直奇拔，不肯折回：

> 潮湿的路极其分明，仰看太空，浓云已经散去，挂着一轮圆月，散出冷静的光辉。我快步走着，仿佛要从一种沉重的东西中冲出，但是不能够。耳朵中有甚么挣扎着，久之，久之。终于挣扎出来了，隐约像是长嗥，像一匹受伤的狼，当深夜在旷野中嗥叫，惨伤里夹着愤怒和悲哀。[37]
> （《孤独者》）

张爱玲也喜欢写月光，当七巧用脚拍打长白脸颊，又要儿子边烧烟边讲房事细节时，媳妇芝寿“隔着玻璃窗望出去，影影绰绰，乌云里有个月亮，一搭黑，一搭白，像个戏剧化的狰狞的脸谱，一点，一点，月亮缓缓地从云里出来了，黑云底下透出一线炯炯的光，是面具底下的眼睛……窗外还是那使人汗毛凛凛的反常的明月——漆黑的天上一个灼灼的小而白的太阳。屋里看得分明那玫瑰紫绣花椅披桌布，大红平金五凤齐飞的围屏，……”[38]再悲愤的时候，张爱玲的月光也要物化为戏剧脸谱和人工面具，也要照在桌布围屏上。她在有意无意表达自己的美学及人生观点时也要借实物比方：“我最怕的是凡哑林，水一般地流着，将人生紧紧把握着的一切东西都流了去了。胡琴就好很多，虽然也苍凉，到临了，总像着北方人的‘话又说回来了’，远兜远转依然回到人间。”[39]

毕竟，在月夜旷野中像受伤的狼似的“反抗绝望”，是“个人的自大”，是“独异，是向庸众宣战”（《热风·随感录三十八》[40]）。张爱玲也有超人敏感领悟苍凉，却有些害怕独自拥有。万燕在《海上花开又花落》中颇有见识地用张爱玲一篇很短的散文《夜营的喇叭》，来论证作家对苍凉的感悟与恐惧。不惜全篇录下，作为本文的结论：

晚上十点钟，我在灯下看书，离家不远的军营里的喇叭吹起了熟悉的调子。几个简单的音阶，缓缓上去又下来，在这鼎沸的大城市里难得有这样的简单的心。

我说："又吹喇叭了。姑姑可听见?"我姑姑说："没留心。"我怕听每天晚上的喇叭，因为只有我一个人听见。

我说："啊，又吹起来了。"可是这一次不知为什么，声音极低，绝细的一丝，几次断了又连上。这一次我也不问我姑姑听得见听不见了。我疑心根本没有甚么喇叭，只是我自己听觉上的回忆罢了。于凄凉之外还感到恐惧。

可是这时候，外面有人响亮地吹起口哨，信手拾起了喇叭的调子。我突然站起身，充满喜悦与同情，奔到窗口去，但也

并不想知道那是谁，是公寓楼上或是楼下
的住客，还是街上过路的。[41]

万燕说张爱玲“是没有精神之家的现代人，……不断地在恐惧中支持着自己的孤独”[42]。显然，大量琐碎奇绝杂色质感的物化意象，就是在悲剧中支持孤独的主要方法之一。《夜营的喇叭》和《野草》一样，充满对孤独的骄傲与疑虑，这正是张爱玲与鲁迅精神相通之处。虽然后来的追随者可能只见美丽不知荒凉，绝对不会听见或疑惑这“月夜旷野狼嗥”或“夜营的喇叭声”。这也不奇怪，“月夜旷野狼嗥”的众多模仿者中其实也不乏战士装束的打手或精打细算的精神工程师。不同的是，鲁迅看到他的这些追随者一定会横眉冷对，而张爱玲见到地摊边沙龙里只知“出名要趁早”，只是醉心衣饰细节的张迷们，恐怕只会微微一笑。

注释

①叶兆言：《她的人生就是一部大作品》，香港：《明报月刊》1995 年第 10 期。

②夏志清：《中国现代小说史》，刘绍铭译，台北：传记文学出版社，1979 年，第 403 页。

③费勇：《张爱玲传奇》，广州：广东人民出版社，1996 年，第 132 页。

④钱锺书：《围城》，北京：人民文学出版社，1982 年，第 61 页。

⑤张爱玲：《色·戒》，《惘然记》，香港：皇冠出版社，1991 年，第 181 页。

⑥同注④，第 5 页。

⑦同注④，第 51 页。

⑧同注④，第 17 页。

⑨张爱玲：《沉香屑·第一炉香》，《回顾展 II》，香港：皇冠出版社，1991 年，第 273 页。

⑩同注⑨，第 271 页。

⑪张爱玲：《金锁记》，《倾城之恋》，香港：皇冠出版社，1993年3月，第139页。

⑫同注⑨，第297页。

⑬张爱玲：《沉香屑·第二炉香》，《第一炉香——张爱玲短篇小说集之二》，香港：皇冠出版社，1993年，第336页。

⑭同注④，第193页。

⑮同注④，第189页。

⑯钱锺书：《释文盲》，《写在人生边上——人·兽·鬼》，香港：天地图书，1997年，第47页。

⑰同注⑪，第164页。

⑱同注⑨，第307页。

⑲张爱玲：《红玫瑰与白玫瑰》，《倾城之恋》，香港：皇冠出版社，1993年，第64页。

⑳张爱玲：《封锁》，《回顾展II》，香港：皇冠出版社，1991年，第452页。

㉑同注⑨。

㉒同注⑨，第291页。

㉓同注⑨，第300页。

㉔同注⑱。

㉕同注⑨，第308页。

㉖转引自多明尼克·塞克里坦：《象征主义》，北京：昆仑出版社，1989年，第2页。

㉗同注⑨，第264页。

㉘同注⑨，第284页。

㉙张爱玲：《童言无忌》，《天地》月刊第7—8期，上海：1944年5月。

㉚同注⑨，第261页。

㉛同注⑨，第295页。

㉜同注⑪，第164页。

㉝同注㉕。

㉞同注⑨，第311页。

㉟张爱玲：《谈音乐》，《苦竹》月刊第1期，上海：1944年11月。

㊱近年来国内出现了“张爱玲热”，不少评论和传记都不约而同地将张爱玲与鲁迅比较，并且立刻

得出结论："把张爱玲与鲁迅相比，……显然是不恰当的。"底线大都是"鲁迅是一位能够承担'伟大'两字的作家。……比较合适的说法是，张爱玲是一位创造了一种独特风格的优秀作家。仅此而已。"（费勇：《张爱玲传奇》，广州：广东人民出版社，1996 年，第 105 页）"倘就学术创造的整体分量而言，张爱玲自然是远不及鲁迅的，也及不上沈从文。"（王晓明：《张爱玲文学模式的意义及其影响》，《明报月刊》，1995 年第 10 期）"在没有英雄的年代里，演绎得更多的只能是凡人故事，这或许正是我们时代的悲哀，也是张爱玲的悲哀，使她成为极其优秀的作家，而不是伟大作家的局限就在这里。"（万燕：《海上花开又花落》，南昌：百花洲文艺出版社，第 3 页）其实近二十年国内也出现过"沈从文热""老舍热"或"钱锺书热"，似乎很少听到有评论者将沈从文、老舍、钱锺书与鲁迅做比较。重要的不是"鲁张并提"的结论，而是否定"鲁张比较"的文学史书写焦虑。是否因为两个作家都写得很少，但早期作品被人“越读越大”？两位作家都悲观绝望，却都拥有无数追随仰慕者；或者因为在鲁迅的反传统的欧化形式男性启蒙救世话语奠定“五四”文学基本走向以后，张爱玲的小市民趣味的传统技巧的女性现代感觉又成了文学史走向的某种转折？那么多不约而同的尊鲁抑张，是否说明事实上张爱玲正在渐渐成为鲁迅之后，中国现代文学史上的又一个神话？

㊲《鲁迅选集》第一卷，北京：人民文学出版社，1992年，第226—227页。

㊳同注⑪，第172页。

㊴同注㉟。

㊵《鲁迅全集》，北京：人民文学出版社，1981年，第311页。

㊶收入《流言》，上海：中国科学公司，1944年12月初版。

㊷万燕：《海上花开又花落》，南昌：百花洲文艺出版社，第109页。

张爱玲与二十世纪中国文学

二〇〇〇年十月下旬在香港举行的“张爱玲与现代中文文学”国际研讨会，第一场讨论便出现了有争议的话题：张爱玲是否已经（或正在）成为鲁迅之后，中国现代文学史上的又一个“神话”？研讨会的讨论，显示海外与中国香港、中国台湾、中国大陆学者在张爱玲的文学影响、文学史地位等问题上，存在着相当明显而且重要的分歧。

研讨会由岭南大学中文系主办，召集人是刘绍铭、梁秉钧和许子东。在第一场学术讨论会上发言的有郑树森、王德威、温儒敏、刘再复、夏志清和黄子平。郑树森的论文以《夏公（志清）与张学》为题，高度赞扬夏志清《中国现代小说史》的学术价值与深远影响，并具体论述了夏志清小说史在作品分析方面如何受到新批评方法的影响。郑树森认为，在某种意义上，可以说没有夏志清就没有今天张爱玲的文学影响。四十年过去了，海内外新撰现代文学史数百种，但夏著仍是权威版本。王德威则用“重复、周旋、衍生的叙事学”理论，再次以流动细腻的学术笔调，叙述几十年来张爱玲传统在海峡两岸及香港的变化发展，“世纪末张腔此起彼落，张学方兴未艾”。北大中文系主任温儒敏和香港城市大学客座教授刘再复的发言，则显示了很不相同的学术风度与观察视角。温儒敏以详细的资料评述“近二十年张爱玲在大陆的‘接受史’”，指出虽然张爱玲文集的正版盗版上百万（如果这个统计属实，则张爱玲大概是鲁迅、金庸之外拥有最多读者的现代作家），但其作品内涵却在文化生产、商品炒作中层层剥落，成为二十世纪九十年代流行文化符号。“张爱玲现象”之一体两面，内地民间的“滥情迷恋”与学界的“警惕保守”互为因果。刘再复则将张爱玲称之为“残酷的天才”，说“如果要在鲁迅、张爱玲、沈从文、李劼人、萧红这五个作家中挑选一个最卓越的作家，我肯定会在鲁迅与张爱玲之间彷徨，然后把票投给鲁迅。这是因为，这两位文学天才，一个把天才贯彻到底，这是鲁迅；一个却未把天才贯彻到底，这是张爱玲。张爱玲在离开内地后丧失艺术独立性，成为“夭折的天才”。是日百余人的研讨会场挤得水泄不通，很多与会者站在墙角，门外更有很多学生和远道来的客人要登记等待入场。甘阳次日在报上撰文：“昨日在岭南参加张爱玲研讨会，与会者之多，为香港所罕见。”

最初将张爱玲与鲁迅比较的倒不是海外的张迷，而是国内的新锐学人。比如暨南大学中文系主任费勇在一九九六年出版的《张爱玲传奇》中写道：“鲁迅是一位能够承担‘伟大’两字的作家。……比较合适的说法是，张爱玲是一位创造了一种独特风格的优秀作家。仅此而已。”（费勇：《张爱玲传奇》，广州：广东人民出版社，1996 年，第 105 页）王晓明在张爱玲去世时也撰文：“倘就学术创造的整体分量而言，张爱玲自然是远不及鲁迅的，也及不上沈从文。”（《明报月刊》，香港：1995年第10期）虽然好像扬鲁贬张，但将鲁张并提，也有重视（或警惕）张爱玲影响的意思。耐人寻味的是，以往也有“沈从文热”“老舍热”“钱锺书热”，何以从来没有人将这些作家与鲁迅比较？为什么张爱玲对左翼主流传统的挑战好像特别危险，需要引起格外的焦虑呢？我在《明报月刊》纪念“五四”八十周年（1999年第5期）的文章中也谈过这个问题：“他们的重要作品都不多，却都被人越读越大。……同世纪的作家很难避开这两个神话的影响。虽然两人各有大量拥众追随模仿，他们的内心却一样孤独、绝望、悲凉。”现代文学界中过去只有鲁迅研究被称为“鲁学”，郑树森论文现在回顾“张学”（我没有听说有“老学”或者“沈学”，有“钱学”一说但以研究《管锥编》为主）。民间网址163.com/Literature上题目五花八门，但只有两个作家专题，即“鲁迅论坛”与“张迷客厅”（论坛与客厅之别，也耐人寻味）。刘再复在会上感慨地说：“我好不容易才刚刚走出鲁迅的神话，希望不要再为张爱玲制造新的神话。”然而文学神话并不完全是人为制造，背后恐怕有文化思潮、意识形态及历史选择的必然因素。张爱玲与“五四”大时代格格不入，后来人们反省“五四”以后的现代性诉求，才发现张爱玲早有预言，恰中主流之弊。一九九三年我和汪晖、孟悦等一起在加州大学洛杉矶分校参加李欧梵教授主持的有关“五四”现代性的讨论课，其间讨论到张爱玲的文学史意义（却不知晚年张爱玲当时就住在距离加州大学洛杉矶分校校园数公里的地方，我每天寻找免费街边停车的路口就是作家最后的寓所）。其实鲁迅神话几十年也有诸多变迁，远的不说，黄子平就注意到八十年代年轻研究者眼中反抗绝望的存在主义的鲁迅，在九十年代又变成以笔为旗痛斥走狗的鲁迅了。在某种意义上，“神话”与“传奇”或许是相关联的：正因为鲁迅被反复塑造为批判社会的精神战士（而不是早期的苦闷彷徨者），张爱玲那以传统技法与现代主义强调“日常生活”的女性感觉传奇，才越来越构成某种对话、补充与挑战。在北京的一次会上，被认为是“结束了鲁迅研究的陈涌时代”的王富仁，曾将张爱玲称为“女的鲁迅”。王德威在这次岭南研讨会上的概括更加精辟传神：“二十世纪中国文化的发展，从呐喊到流言…… ”

研讨会有两场具体的文本分析。电影场有朱天文、李小良、何杏枫分别讨论《海上花》《半生缘》与《倾城之恋》的剧本改编及拍摄细节。郑树森在讲评时还透露有关张爱玲本人处理《倾城之恋》电影版权问题的一些第一手材料。小说场有黄子平、陈清侨、林幸谦、许子东各自解析张爱玲作品中的服饰、饥饿感、女性形象与物化意象。黄子平观赏张服，别具慧眼，处处见到东方主义与反东方主义的理论困境。陈清侨复述饥饿，拓展文本，贯穿文化批评方法。林幸谦逆写女性形构，更多专门术语名词。许子东试析“以实写虚”技巧，咬文嚼句，解读张爱玲与钱锺书及鲁迅颇不相同的意象文字。

讲评人郑培凯、陈国球或者借题发挥，或者学院功夫，各有各的精彩。

二〇〇〇年十月二十五日上午的两场研讨会，则分别从空间时间不同角度展开讨论。“地域场”有梁秉钧、林俊颖和东京大学中国文学教授藤井省三分述张爱玲文学在中国香港、中国台湾及日本的不同影响。林俊颖在题为《谁是张爱玲在台湾的接棒人》的发言中将张爱玲在台湾文学中的偶像地位解释为“边缘身份”和“世俗童女”。梁秉钧的论文则详述从二十世纪五十年代到二十世纪末张爱玲在香港文学及文化生活的各种实际影响。而王安忆与王璞的作家讲评，又一次使人们看到张爱玲在中国大陆与中国香港、中国台湾以及海外的不同形象和不同符号意义。为什么张爱玲在香港象征纯文学，在台湾成为经典偶像，在大陆——如王安忆所说——却主要是都市消费文化符号？或者中国大陆太多厚重尖硬的文学，所以喜爱或警惕张爱玲的读者，都太强调其轻柔华丽的一面，其实却忽略诸如《中国的日夜》那种张爱玲式的独特的时代忧患；也可能从中国香港、中国台湾或海外的边缘视角反而更能感受张爱玲的预言：“时代是仓促的，已经在破坏中，还有更大的破坏要来……”

在研讨会的“文学史”专场上，王宏志提交了两万字的长文《张爱玲与中国现代文学史书写》，评述中国内地几十年来各种文学史如何书写或缩写或不写张爱玲。资料充分，论据实在。陈炳良对张爱玲研究的省思以神话为工具，角度独特。陈子善的发言则提醒人们注意张学的资料基础相当不足，海内外至今仍无一种可靠的《张爱玲全集》，地摊书店却有五花八门的盗版。张隆溪和王德威的讲评则又将有关资料的讨论纳入学院理论层面。

整个研讨会的高潮是最后一场大型公开座谈“张爱玲与我……”。这个由刘绍铭教授设计的题目其实也是筹备此次会议的最初构思：有感于海峡两岸及香港这么多作家受到张爱玲的影响而且又为这种影响所焦虑，所以我们颇希望作家们能够“现身说法”，谈谈“张爱玲与我”。六点省略号则是也斯和我加上的，留些余地和空间，作家们甚至也可以说：张爱玲与我有什么关系？

在几百人济济一堂长达三个半小时的公开座谈会上，焦点人物是八十岁高龄的夏志清教授。夏志清的意识流发言中有一句话听来平常，其实颇有分量：“我很高兴看到张爱玲成了中国文学史（注意不只是中国现代文学史——笔者）的一部分。”因为《长恨歌》而获茅盾文学奖，而且在中国内地一百位评论家评选的二十世纪九十年代最优秀十位作家中名列第一的王安忆，反复重申她与张爱玲的不同：“我可能永远不能写得像她这么美，但我的世界比她大。”相形之下，朱天文“花忆前身”，毫不掩饰她对张爱玲（爱屋及乌，甚至也对胡兰成）的崇拜之情。前一天她在讲到因《荒人手记》获奖而看到台上横幅同时写有张爱玲与自己的名字时，哽咽失语，会场一片肃静，只听见摄像机的声音。而在朱天文发言时一直表情紧张地坐在旁边的散文家蒋芸，稍后激情发言“为张爱玲叫屈”，批判胡兰成。蒋芸认为张爱玲一生嫁错两个男人，而胡兰成更似梦魇般使张爱玲的艺术生命萎谢。蒋芸一番自称“女人心眼”的大实话，获得会场最热烈的持久的掌声。苏童、须兰虽然没有这样激动，却也真切具体感性地道出他们对张腔张派的想法。梁秉钧（也斯）则以作家身份角度独到地讲述他的“反墓志铭”。颜纯钩在《香港女作家的天地因缘》的题目下，分别梳理亦舒、李碧华、钟晓阳及黄碧云与张爱玲文学之间的微妙关系。有趣的是，一般当代作家如被人评为有“鲁迅精神”“老舍语言”或“沈从文风格”等，大都会感到光荣自豪。何以被认为是张派的作家，却不是“划清界线”就是“叛逃前身”，甚至有意无意都对张的影响感到焦虑？是否因为作家们不愿被太有魅力的前人身影淹没？或许人们对张爱玲的文学史地位仍有困惑？王德威最后以《“祖师奶奶”的功过》为题做结：“事实上在座的这批所谓张派的作家已经走出张爱玲的阴影，发展出不同于以前张派的一个新的文学传统。”

在香港弄文学和学术，基本上是小众活动，同行们也已习惯了寂寞工作。这次研讨会却罕有地获得很多报纸及电台电视传媒的报道。比如《明报·世纪版》就有连续六天的“张爱玲周”，系统发表王安忆、许子东、王德威、朱天文、夏志清的文章、采访以及公开座谈的发言摘要。《文学世纪》月刊也接连两期专辑刊出会议论文。有位医生在专栏中这样写道：“大学内讲座实在太多。在这重商轻文的社会里，文学讲座更是票房毒药。一个星期三的下午，一个普通话的讲座，却吸引了这么多的听众，实在有些意外。”

三年前在台北也有张爱玲研讨会，学院气氛很浓，基调是分析偶像、解读经典。现在在香港讨论张爱玲，会集各方专家（《亚洲周刊》说是“凝聚全球华人文坛及国际精英”），也显示各方面的不同意见与重要分歧。我以为这是我们的收获。我在最后一场发言说，真希望几年之后在上海也能召开这样的研讨会。毕竟，上海是最应该纪念张爱玲的城市。

二十世纪中国文学的若干发展线索

“五四”以来中国文学大致有四条发展线索。第一条主线从陈独秀编《新青年》、鲁迅写《呐喊》，到茅盾、巴金，尤其是丁玲、夏衍、沙汀、艾青等左联作家的集体努力，经过抗日救亡与延安的转折，转化为后来的作协文联意识形态制度，一直发展到“文化大革命”后刘宾雁的“干预生活”，乃至二十世纪九十年代张承志等人的“以笔为旗”……当然，这条脉络内部也充满矛盾斗争（鲁迅 VS 周扬；周扬 VS 胡风、冯雪峰；“主旋律” VS 刘宾雁；等等），但相信文学应该唤醒民众、疗救社会，却是这些主流作家对“五四”文学传统的基本诠释。说来这也是“五四”先驱的功劳：胡适当年比王照、劳乃宣多走的一步，就是向梅光迪等“力不从心”的证明：白话不仅实用，而且也能为诗（“力不从心”是指胡适文学才能有限，《尝试集》也是以文学为手段，推动白话文语言变革）。如果说胡适是通过文学改良而达到文字革命，那么陈独秀就是以文学革命为“工具”而推动思想文化社会革命。新文学之“幸”与“不幸”，都在于二十世纪整个中国社会文化的变革，居然由两篇讨论文章写法的短文所引起（这在其他民族的“现代化”过程中并不多见）。“幸”，是指中国现代文学，在后来九十年的中国人追求现代性的巨大社会工程中，一直占据（或者说被赋予）很显眼、很重要的地位；“不幸”也是指文学的地位作用、功能、责任、影响，后来变得太显眼、太重要。假如没有当初的“五四”新文化运动，或者更准确地说，转化中国现代社会形态的思想启蒙运动如果不是由胡适、陈独秀以文学为借口、以文学为理由来发端，中国作家是否会如后来那样一直或自愿或被迫地卷在各种政治文化思想论争的中心？当然，文史哲不分家、文人忧国其实古而有之，号称“全盘反传统”的“五四”其实只是将“文人高于艺人”“文人解救世人”的中国传统至少又延续（甚至强化）了九十年。

对后来的作家来说，重要的还不是胡适、陈独秀，而是鲁迅在《呐喊·前言》有关“遵从将令”的声明。胡、陈毕竟不是文学家，借文学一用可以理解。鲁迅的小说却是二十世纪中国文学的基石。鲁迅说他为了遵从“五四”先驱的将令而在《药》的结尾用曲笔加上“花环”。请注意“加上”一词，第一说明鲁迅很清楚“光明花环”，其实并不属于作品（艺术）本体；第二也说明他为了启蒙救世不惜局部牺牲（艺术）文本的完整——这种在文人职业道德与文人政治理想之间的彷徨犹豫，在后来很多主流作家那里逐渐消失，或者如丁玲、何其芳般从前者向后者转变，告别莎菲汉园集走向延安，或者像巴金、刘宾雁那样将两者合二为一，文学就该救世，工具就是目的。假如鲁迅当年拒绝在夏瑜坟头增加花环，或者茅盾也不听瞿秋白建议为吴荪甫

“加上”强奸女佣的情节，那“五四”文学后来的发展可能会有所不同，毛主席在延安开会时要做的思想工作也会艰巨得多。但即使没有“五四”，没有左联，启蒙救世的线索还是会贯穿二十世纪中国文学。因为“以文救世”实在并非“五四”引进的外来思想，正如林毓生所指出，“五四”用思想文化、文学方法解决社会矛盾、国家危机，其实不是反叛而是延续中国儒家传统。直到二十世纪九十年代上海、北京文化人又试图以“人文精神”来解救各种经济、政治、社会问题时，“文人高于世人”的假设还是有意无意地存在。一九六六年红卫兵战歌是“拿起笔来做刀枪”，张承志二十世纪九十年代主张“以笔为旗”。旗是鼓舞，刀枪伤人，“笔”的这两种作战功能颇可以象征“五四”与“文化大革命”——二十世纪中国最重要的两个文化事件之异同。

现代文学的第二条发展线索从周作人《自己的园地》、鲁迅《野草》开始，经过郁达夫、闻一多、徐志摩、沈从文、老舍、施蛰存、梁实秋、林语堂、丰子恺、傅雷等很多作家合力维护，坚守艺术本分、坚持文人道德的传统延续至今。这条线索与启蒙救世传统既常常对立又每每互相纠缠，不仅很多作家都要在这两种倾向之间做“艰难的选择”（赵圆语），后来的文学史写作也无法回避对这两条线索的抑扬褒贬：王瑶、唐弢反复强调前者才是主流；夏志清、李欧梵及二十世纪八十年代北京、上海年青一代学人则比较重视沈从文如何在新旧城乡对立进化方面对“五四”时尚提出异议，梁实秋为何对浪漫风气表示忧虑，还有老舍等京派文人的格调操守，《中学生》杂志怎样改造汉语，还有最重要的周作人散文的影响，通过《雅舍小品》，一直延续到余光中、董桥、刘绍铭、陶杰……论者向来多注重两条线索的对立矛盾，其实两派作家有着重要的共通点：他们都是高调知识分子，他们都共创并分享欧化白话文的语言现实，他们都想“呐喊”却都每每身陷“流言”（比如二十世纪三十年代诸多公私“论争”，大量随笔杂文）。有时他们就是一个人。假如没有

"五四"，周作人、郁达夫也许就成了公安派或黄仲则。迷恋艺术的士大夫传统也是古已有之，只不过在"为艺术而艺术"和"人的文学"观念以及英文Essay的影响介入之后，发展到二十世纪末，余光中、董桥等文人对"知识分子职业道德"的理解可能也就会有所不同了。

努力启蒙救世的作家大都是"职业文学工作者"，崇尚艺术的文人大多在大学教书，而在各种现代文学史中常常受到忽视的中国现代文学的第三条文学发展线索中，却有很多人办报，或者常为报纸写作：从包天笑、周瘦鹃、秦瘦鸥、张恨水，一直到金庸、倪匡、李碧华、陶杰……

鸳鸯蝴蝶派及武侠、科幻、当代言情小说在文学史上的重要性，第一是一直拥有着二十世纪大多数识字的中文阅读人口（除了二十世纪五十年代至七十年代中国内地特殊环境），第二是在文学语言及艺术功能两方面构成了对"五四"文学的补充与挑战。新文学当初的起步就在于《小说月报》更换主编向礼拜六派娱乐消闲游戏文学宣战。半个多世纪后刘宾雁等充满使命感的五十年代作家在上海很多弄堂都听到香港无线电视台连续剧集《上海滩》主题曲四处回响，他们感到十分心痛：我们新文学奋斗几十年，难道人民群众就喜欢这些？在这种契机下如果作家再不反省新文学的道路，那真是忘却“五四”介绍德先生的初衷了。最具反讽意味的是，真正实现毛主席“讲话”精神令“人民大众喜闻乐见”的其实是金庸，而且金庸小说也是“先普及”（连载、畅销、盗版）“后提高”（近年来迅速成为大学研讨会及研究生的课题）。金庸说他喜欢张恨水，他的境遇却与张恨水不同。邻居老舍有次鼓励、夸奖张恨水用白话为《啼笑因缘》写序，张恨水便感到十分荣幸和高兴。后期张恨水努力写抗战，颇希望进入启蒙救亡主流行列。听说后来张恨水的家人很不喜欢研究者将他们的父亲归入鸳鸯蝴蝶派——“五四”传统的意识形态压力由此可见一斑。金庸近年来也称道巴金等忧国忧民，有次在岭南大学演讲，虽然明言对“五四”欧化语言之不满，却又对诸如《残雪》之类的纯文学表示困惑，显示出“大侠”对自己作品的文学史地位十分关注。

其实无须纳入启蒙救世主流，金庸的价值恰恰在于将鸳鸯蝴蝶派张恨水传统发展到一个可以挑战与补充“五四”文学的角度，恰恰在于在“五四”新白话成为官方与教育语言之后仍然在某种程度上延续“旧白话”的叙事传统。第三条线索也要和前述的“救世责任”“文人格调”联系起来，才能显示“大众口味”的重要性。

张爱玲和钱锺书同样在二十世纪四十年代的上海开始写作，他们笔下的读书人也都全无救世姿态。《围城》《传奇》当然各有拥众，但《传奇》的后继者显然更多。因为钱锺书居高临下的嘲讽，也还是周作人、梁实秋的高调士大夫立场的延续再加上比林语堂更加欧化的幽默，而张爱玲则像她所欣赏的张恨水一样不避通俗且不以小市民价值观为耻。不过张爱玲多了英语写作能力与现代主义视野，所以不会像张恨水那样在“五四”主流前自惭形秽，反而能将张恨水的章回语言变成对“五四”的有意反拨。实际上，张爱玲的文学史意义就在于她将文人立场、艺术尊严和大众品位、市民趣味交织在一起，然后自然开出一个新路向。张爱玲像周作人、沈从文、施蛰存、钱锺书一样怀疑“五四”的激烈反传统与过于急切的救世责任，张爱玲又从张恨水等人那里获得改良“五四”欧化语言的方法——金庸的“旧白话”是迎合市民需求而无意识地传续传统，张爱玲的“旧白话”却是衔接现代主义而有意识地挑战“五四”语境。后来很多既不满“五四”传统又关注“五四”使命的作家，都在张爱玲那里看到了某种新的可能性。这些作家构成了二十世纪中国文学的第四条发展脉络，从张爱玲到白先勇，有意识延续如苏伟贞、李昂、朱天文，无意间传承到西西、钟晓阳、黄碧云，牵强一点也影响到王安忆、贾平凹、苏童……

香港《明报月刊》曾有纪念张爱玲去世专辑，

好几位学者都指出张爱玲只是优秀作家而鲁迅则是伟人。以往对沈从文、钱锺书或巴金评价再高，也没有人想到与鲁迅比较，为什么国内学界对于任何将张爱玲鲁迅并论的可能话题都如此敏感？这恰好说明了张爱玲已成为鲁迅之后现代文学史上的又一个神话。后者是一个离开乡土的以西方小说格式感时忧国的高调知识分子的男性叙事神话，前者则是一个迷恋都市的混合现代主义技巧与《红楼梦》语言的市民趣味的女性感官“传奇”。他们的重要作品都不多，却被后人越读越大。百年之后人们会看得更清楚，二十世纪中国最重要的作家，可能就是鲁迅与张爱玲。同世纪的作家很难避开这两个神话的影响。虽然两人各有大量拥众追随模仿，他们的内心却一样孤独、绝望、悲凉。

夏志清认为张爱玲的创作“绝对不受左派小说模式的影响”，海外不少学者都将张爱玲描述成完全飘逸于“五四”文学潮流之外的奇异现象。其实“影响”不仅意味跟随、模仿，也可以包括刺激与压力。张爱玲曾经在散文《谈音乐》中以虚写实形容“五四”的压力：“大规模的交响乐……似浩浩荡荡五四运动一般地冲了来，把每一个人的声音都变了它的声音，前后左右呼啸嘁嚓的都是自己的声音，人一开口就震惊于自己的声音的深宏伟大，又像在初睡醒的时候所听见人向你说话，不大知道是自己说的还是人家说的，感到模糊的恐怖。”

经历了二十世纪六七十年代的中国人，才更明白张爱玲早就描述的这种运动场面。这段文字，和鲁迅有关“革命，反革命，不革命”①的议论，可以视为现代作家对上一世纪中国最精彩、最简明、最深刻的两段预言和概括。

简而言之，二十世纪中国文学，就是从面对着庸众流言看客的个人独异的“呐喊”，到面对呐喊潮流汹涌而来时仍顽强生存的私语“流言”。

注释

①“革命，反革命，不革命。革命的被杀于反革命的。反革命的被杀于革命的。不革命的或当作革命的而被杀于反革命的，或当作反革命的而被杀于革命的，或并不当作什么而被杀于革命的或反革命的。革命，革革命，革革革命，革革……”（鲁迅：《而已集·小杂感》）

张爱玲与香港的纯文学及流行文学[①]

在这个由市政局公共图书馆举办的香港文学节的研讨会上，我想提出三个问题与同行师友、各位来宾听众一起讨论：一是纯文学与流行文学在概念上的区别；二是从二十世纪中文文学的背景上看香港通俗文学的文学史意义；三是以张爱玲为例，谈谈所谓“纯文学”与“流行文学”之间的复杂关系，以及她对香港文学乃至文化的影响。

一、纯文学与流行文学在概念上的区别

有一些相关的概念首先需要澄清。现在香港大多数流行文学也就是通俗文学，但这并不说明“流行文学”在概念上等于“通俗文学”，只是说明在今天的香港，以及世界上很多地方，通俗文学是最流行的文学。在另外一些时空条件下，诸如《钢铁是怎样炼成的》《麦田捕手》之类可能并非“通俗文学”的小说也可以非常流行。在北京、上海的读书市场，最近余秋雨的书常占榜首，成了中国内地的“流行文学”。余先生大概并不高兴人们称他的散文是“通俗文学”。人们不喜欢“通俗文学”这个概念，可能也是因为“通俗文学”容易与“俗文学”相混淆然后与“雅文学”对立起来。其实在中国文学史上“俗文学”（民间文学），常常被视之为推动文学发展的动力（比如“白话文学”等）。不知道今天香港的“通俗文学”在多大程度上也具有文学史上“俗文学”或“民间文学”的这种变革语言、创新文体的新鲜活力？还是更接近法兰克福学派所批评的“大众文学”？因为和“通俗文学”比较，“流行文学”好像更强调消费、流通、接收、包装等“文化工业”的意味。

“纯文学”有时也被人称为“严肃文学”，如果是指作家创作动因态度，我以为不妥。道理很简单，难道“流行文学”或“通俗文学”的创作就可以不“严肃”吗？严肃的创作态度不应该是某一类文学的专利专职。另外，称“纯文学”为“高雅文学”或“经典文学”（Classical）也有问题。“高雅”的反义词是“低俗”，流行文学当然不一定低俗。流行音乐常与 Classical Music 相对而言，但在小说领域，我们发现，最流行的小说常常使用较传统的叙述手法，反而“纯文学”每每标新立异，令人“看不懂”。事实上，出色的纯文学与成功的通俗文学都可以是“经典”。从功能上看，“纯文学”三个字其实就是最好的定义：不具有外在目的的文学，为文学的文学。

纯文学和流行文学两者的区别不易划分却很重要——尤其是在香港讨论这个问题。不少中文系的同学认真地问我：为什么小说要写得令人“看不懂”才算纯文学？电影要拍得“闷到死”才算文艺片，才能得奖？为什么大多数人喜欢的文学在文学史上常常不占最重要地位？相关的疑问是，买衫买楼人们都追求高档——流行服装 Gucci、Prada 可以卖得很昂贵，为什么在文学艺术方面即便“上层人士”也并不攀高雅，而宁愿追看浅白明了、通俗易懂的流行小说、连续剧甚至漫画？是不是大家都自认没有文化意义上的“富”（知识修养、审美能力），且不以这一种“穷”为耻呢？

还有，难道大多数人的选择是错误的吗？

这些问题看似简单，想想却也深刻。

一般说来，通俗文学（流行文学的主流）的目的与功能就是“娱乐”：给读者提供消闲、趣味和快乐。纯文学的目的与功能则是一个抽象的概念：“艺术”——创造形式、变革语言、探讨人性。中国古代的士大夫文学以及“五四”新文学中还可以梳理出第三种文学形态，即经世致用、启蒙救国的“社会文学”，以教育、批判、宣传为己任——在中国香港以及美国、日本等经济发达的地方，这种救世文学虽不能自成一类，也不会居主流而排斥娱乐及艺术，但有时奥斯卡等电影工业机构也会鼓励商业片关注社会问题。

从表现内容看，纯文学主要探索个人独特的情感与心理，常常越是病态怪诞的情感心理越值得探讨，往往是作家自己也把握不准的情绪心态（童年心病、不道德恋情、畸形心理等）比清楚的理念欲望更值得表现。“社会文学”则主要在理性层面抒发社会政治热情，越能体现群体利益的社会激情越有价值。而通俗文学主要宣泄人的一般欲望：性、暴力、财富、权力，满足的是大多数市民的白日梦。二十世纪八十年代我在《文学评论》杂志上发表过一篇论文，专门讨论纯文学、通俗文学和社会文学之区别，其中有这样一段话：

> 放下书本走出剧院，你很明白自己并未得到多少深刻的思想启迪和艺术感悟，但又觉得阅读和看电影的过程不无乐趣。“徒乐无益”地看什么呢？借用一句对舞蹈移情效果的谷鲁斯（Karl Groos，1861—1946）式的概括，那就是“看他（或她，

即演员）怎样替我的感官精力在运动”。比如“力量型”通俗文学，少林和尚或西部牛仔难道不正是替那些斜靠在松软沙发上体内却隐隐有些发热的人们在挥拳拔枪、受伤淌血吗？这是否意味着人们在努力寻找舒适安逸的同时又总有某种显示“体能”（说得好听是“勇敢强悍”，说得难听是虐待狂与被虐待狂倾向）的潜在欲望存在？又如“好奇型”作品，福尔摩斯们难道不正是替那些生活有序、安分守己的人们在窥探隐私在追逐悬念甚至在排遣无意识的犯罪感吗？这是否证实好奇乃人之天性，而智力永远渴望证明，道德操守也总是需要考验。再如“梦幻型”作品，幸运的美女（很可能是哪位伯爵丢失的私生女）难道不正是替那些挤车、买菜、睡阁楼、说梦话的纺织女工们在出入别墅宫廷巧遇白马王子吗？这是否证实人们的生活越是紧张单调也就越需要白日梦来润滑调剂？如果在深邃的探索文学或群体倾向鲜明的社会文学中也想寄托梦境宣泄精神欲念的话，人们难免要被迫付出思想矛盾、道德迷乱、灵魂受审之类的心理代价，所以尽管明知武侠、侦探和言情小说带来的审美快感比较肤浅短暂有时转瞬即逝，人们还是愿意不断接受这种不仅比较容易获得而且也比较轻松即能解脱的心理陶醉。

（许子东：《新时期的三种文学》，原载《文学评论》1987 年第 2 期）

写这段文字时生活在上海的我所看通俗文艺其实很少，从那以后我主要住在洛杉矶和香港，至少看了几百部好莱坞电影，却发现自己当初对通俗文学功能的看法，几乎一字也不必修改。

从创作过程看，通俗文学是共创的——作家、读者、编辑、评论家以及文化经纪人共同参与创作过程。这一点非常重要。理论上，读者需求是第一位的。作者在开始创作之前，就必须有意无意地考虑这个作品的可能读者及他们的阅读期待。但在技术上，扮演经纪人角色的编辑非常重要。比如现代中文通俗小说的经典张恨水的《啼笑因缘》缘于上海《新闻报》主编严独鹤北上约稿，严独鹤说“上海读者要看武侠”，这就决定了张恨水的最初构思(以及他对假想读者群的基本判断)，这也是小说中侠女关秀姑父女线索的由来。接着张恨水又听取上海朋友左笑鸿（评论家角色）的建议。当然这时的张恨水已是满足市民白日梦的高手，一些才子救贫困风尘佳人（樊家树爱上歌女凤喜）的情节几乎是张恨水自己的家庭生活。但他对高翠兰真实故事的改编，却是既迎合了公众市民心理（美女跟随军阀，最后不得善报)，又稍稍偏离大众读者的阅读期待(女人贪钱而堕落，也有自愿与可理解的地方)。但是小说连载到一半，张恨水到上海与明星电影公司洽谈今后的电影版权事宜，发现上海市民每天排队买《新闻报》等着看樊家树在歌女凤喜、侠女关秀姑与洋派小姐何丽娜之中究竟选择谁。这时张恨水（以及今天的很多后续者，从早年金庸到今天无线翡翠台电视连续剧编剧等）便不能“自作主张”，而必须“先人后己”了。TVB 电视剧热播时，常常演员明星都不知道他（她）所扮演的人物下个月（甚至下周）的生死情况——因为编剧、导演还没决定怎么编下去，因为观众调查、“师奶”好恶还没统计出来。《啼笑因缘》最后描写世俗梦破，对乡土侠义敬而远之，现代都市生活方式取得胜利。我常常怀疑，如果这部小说不是在上海而是在北方的报纸上连载，最后男主角会不会爱上侠女？张爱玲说张恨水的作品能代表一般人的理想，其实好的通俗文学总是共创的——读者市场的反应决定着通俗文学的生命。反讽的是，最看不起通俗文学（玩物丧志）的革命文学，其实也是共创的，也是越代表大众意愿越成功，区别只是处处考虑如何引导教育读者还是迎合满足读者（无论艺术还是政治，引导和满足有时界线含糊，都是在假想中“代表”大众）。如果作家个人意志与大众意愿有矛盾冲突，“共创”的文学不能“自作主张”而必须“先人后己”。可以“自作主张”“特异独行”甚至“目空一切”的，只有纯文学——因为纯文学必须是独创的，常常越与众不同越出色，越有文学史价值。作家必须设想自己就是读者，自己的问题就是世界的问题，这样才可能在语言文体上修改作家与读者间的无形的阅读契约，才可能在情感、心理及道德层面挑战常规。所以纯文学不“流行”也很自然。有时先锋迅速成为明星，场面可能也颇难为情。

加州大学尔湾分校米勒教授（J. Hillis Miller）提出过一个有趣的问题：“为什么我们一再需要‘相同’的故事？…… 当孩子坚持要大人一字不易地给他们讲述同样的故事时，他们是很懂这一点的。如果我们需要故事来理解我们的经历的含义，我们就一再地需要同样的故事来巩固那种理解。这种重复可能重新遇到故事所赋予的生命的形式而得到证实。

也许有节奏的重复方式具有内在的娱乐性，不论那种方式究竟是什么。同一类型中的重复本身就令人愉快。……我们之所以一再地需要‘相同’的故事，是因为我们把它作为最有力的方法之一，甚至就是最有力的方法，在维护文化的基本的意识形态。”①。我们显然可以借用米勒教授的说法来认识流行文学（通俗文学）的另一个重要特征，即“重复”与“模仿”的哲学基础。但米勒教授也谈道：“为什么我们总是需要更多的故事？……也许我们总是需要更多的故事是因为在某种意义上故事从未令我们满意。”在象征的意义上，我们可以说流行文学就是以重复节奏充满内在娱乐性地巩固常规意识形态的“相同的故事”，纯文学就是不满现有故事挑战常规语言、文体及主流意识形态的“新的故事”。前者肯定我们的经验，后者挑战我们的经验。归根结底，流行文学与纯文学虽有分别，但都是我们文明的需要。

二、香港通俗文学的文学史意义

流行文学与纯文学的区别在小说和音乐领域比

较明显。诗歌创作界似乎没有太多关于流行诗歌、通俗诗歌的讨论，散文创作中的流行文学与纯文学界线也不太重要。如果放在二十世纪中国文学的文学史框架里看，香港的流行的通俗文学的成绩似乎比香港的“文艺小说”更加引人注目。诗歌、戏剧、短篇小说等当然也有成绩，但比较能够代表香港文学贡献的，还是以金庸为代表的现代通俗小说，还有香港散文（包括专栏）对“五四”散文传统的发扬光大。

我在一篇题为《假如没有五四》的短文（《明报月刊》，香港：1999 年第 5 期）中尝试梳理“五四”以来中国文学发展的几条线索。第一条主线从陈独秀在《新青年》号召文学革命、鲁迅《呐喊》“遵命文学”，到茅盾“主题先行”，丁玲二十世纪三十年代后放弃小资，还有巴金信奉的战斗抗议的文学，以及夏衍、沙汀、艾青等左联作家的批判现实，中间又有抗日“文章入伍”，更有延安的转折，发展为后来作为文学生产机制的作协制度，一直到

“文化大革命”中、“文化大革命”后的“以笔为枪”和“以笔为旗”…… 文学应该唤醒民众、疗救社会，是这些主流作家对“五四”文学传统的基本诠释。第二条发展线索从胡适、周作人及鲁迅的《野草》开始，基本原则是“自己的园地”，文学应该首先是文学，首先是个人的事。郁达夫、闻一多、徐志摩、沈从文、老舍、施蛰存、梁实秋、林语堂、丰子恺、傅雷等等，大致都在这个坚守艺术本分、坚持文人道德的传统之中。这条线索与启蒙救世传统既常常对立又每每互相纠缠，很多作家都要在这两种倾向之间做“艰难的选择”。这条线索也包括周作人散文的影响，后来通过《雅舍小品》的发展，一直延续到余光中、董桥、刘绍铭、陶杰……这就是香港文学散文的脉络来源了。

努力启蒙救世的作家大都是“职业文学工作者”，崇尚艺术的文人大多在大学教书，两派作家都是高调知识分子，也都共创并分享欧化白话文的语言现实。但在另一条鸳鸯蝴蝶言情武侠的发展线索中，却有很多是报人，文学一直与大众传媒共生：从包天笑、周瘦鹃、秦瘦鸥、张恨水，一直到金庸、倪匡、李碧华……这些鸳鸯蝴蝶派及武侠“科幻”、当代言情小说在文学史上的重要性，不只是拥有着二十世纪大多数识字的中文读者，而且也在文学语言及艺术功能两方面构成了对“五四”文学的补充与挑战。新文学当初的起步就在于《小说月报》更换主编向礼拜六派娱乐消闲游戏文学宣战。一九四九年以后通俗文学在内地一部分被改造成革命文学的手段（都是共创，艺术特征上有相通之处），大部分则被排斥驱赶到了香港。香港于是取代了上海，成为中国娱乐工业印刷中心。这是香港流行文学的背景之一。

谁也没想到，半个多世纪后香港的流行文学居然“北伐”成功。正是在香港通俗文学的冲击之下，很多内地作家才开始反省新文学的道路。这时人们惊讶地发现：真正做到“人民大众喜闻乐见”的其实是金庸，而金庸小说也是“先普及”（连载、畅销、盗版）“后提高”（近年来迅速成为大学研讨会及研究生的课题）。

无须纳入启蒙救世主流，金庸的价值恰恰在于将鸳鸯蝴蝶派张恨水传统发展到一个可以挑战与补充“五四”文学的角度。所以通俗文学也要和前述的“救世责任”“文人格调”联系起来，才能显示“大众口味”和“旧白话”的文学史意义。

三、张爱玲在香港

诚然，从二十世纪中国文学的背景看，金庸等人的通俗小说影响广泛，贡献独特。但是从香港文学乃至香港文化环境的自身发展的角度看，我以为更重要的还是张爱玲的影响。

前面简单谈到“五四”以来中国文学有四条发展线索，启蒙救世的社会文学与文人传统的自由主义文学主要在内地一直互相抗衡互相影响，娱乐通俗的流行文学从鸳鸯蝴蝶派一路发展到香港，而香港的纯文学从历史脉络看，主要和第四条都市感性文学与现代主义的线索有关。具体地说就是和张爱玲有关。

从现代文学史看，张爱玲的意义在于她将文人自己的园地与大众品位、趣味交织在一起。二十世纪九十年代以来，张爱玲已成为鲁迅之后最受关注的中国现代作家。这倒并不意味着张爱玲的文学成就一定高于沈从文、老舍、闻一多、周作人等其他现代作家，而是从文学史影响看，张爱玲和鲁迅那么不同，又都很重要。如果说鲁迅是一个离开乡土的以西方小说格式感时忧国的高调知识分子的男性叙事神话，张爱玲就是一个迷恋都市的混合现代主义技巧与《红楼梦》语言的市民趣味的女性感官"传奇"。他们的重要作品都不多，却被后人越读越大。张爱玲对香港纯文学的影响之大，很像鲁迅在内地文坛的影响。

为什么张爱玲对香港文学影响深远？只要重复刚才那段有关张爱玲的描述就可以了：第一，迷恋都市，香港文学本质上就是都市文学，与大多数中国现代作家总要在"乡土"安身立命有很大不同；第二，现代主义与传统小说语言的结合，海峡两岸及香港当代文学里，香港最早介绍实验现代主义（1956年《文艺新潮》），香港也最少受“五四”欧化影响，文化文字都比较传统，比较“鸳鸯蝴蝶”，所以最容易出现从旗袍袖口花边剪出的现代主义；第三，最重要的所谓“市民趣味”包括两个层次，一是通俗形式、商业包装（张爱玲是极少不回避流行杂志、通俗出版社的现代作家），二是对小市民生活价值的理性肯定（以市民阶级的历史社会观挑战“五四”主流意识形态）；第四，女性感官，张爱玲的作品既有女性主义的立场（《自己的文章》认为“常人的文学”表现人类的妇人性与神性），又从生活感性层面批判理解女性弱点（应该花男人的钱，婚姻乃长期卖淫，等等）。从浅水湾酒店的《倾城之恋》以后，爱情故事的主战场便从男女与社会之间转到男人与女人之间，“爱情战争”的主要形式是提防、猜疑、试探、防范、进攻、躲闪、计谋、策略、犹豫、迷惑……恋爱的结果并不重要，游戏过程便是一切。

张爱玲在二十世纪四十年代初、五十年代初都曾住在香港，后来也有一些访问。吊诡的是，住在香港的时候，张爱玲都在写别的地方的故事，《秧歌》《赤地之恋》，或者翻译海明威《老人与海》，后来还写过《红楼梦》电影剧本，却没有直接写香港。但是在上海、在美国，张爱玲却都在书写香港，港大的生活、浅水湾、日军占领、湾仔的市场……在香港的生活对张爱玲全部创作有决定性的影响，正如张的创作对香港文学的影响一样深远。张爱玲的香港书写，是“大俗之雅”。第一篇小说《沉香屑·第一炉香》发表在周瘦鹃主编的《紫罗兰》上，晚年又把作品交给皇冠包装，自己却在洛杉矶自我流放，凄清悲凉。她虽不拒绝“流行”，骨子里却是真正的“纯文学”。

这使我想到，今天受她影响的香港作家，是否一定要在“流行”的“市民趣味”或者“小众”的“纯文学”两者之间做痛苦选择呢？

我在中文系课堂上问过这个假设性的问题：如

果写作，你愿意是西西抑或张小娴？结果回答说坚持小众文学与致力流行文学的同学人数差不多，但更多同学说：可不可以先写流行文学赚些钱，以后再弄纯文学？行不行呢？我很怀疑。

环境的确不利于“纯文学”。职业作家很难做。香港虽然报业发达，中文稿费（与平均生活水平比较）却不高。美国的流行小说作家在经纪人的帮助下，有时一本书数百万。但纯文学作家（尤其诗人），很多都有别的职业，比如在大学教书。回想二十世纪三十年代的上海，作家也大都是“皮包教授”。写流行小说的则多数与报纸有关系，比较容易“共创”。香港的作家当然不必也不可能像内地作协那样成为“专业作家”，但偌大都市，有十几个人因创作成就而获得一些与文学、教育有关的公务员位置或教职，应该也不是过分的要求吧。

当然，怎样知道谁的创作成就高，又是另一个复杂问题。我最近在为三联书店编近几年的《香港短篇小说选》，读了几百上千篇小说。我发现香港不是很少人写小说，是很少人评小说，很少人谈论小说。说起来我们都有责任。香港报纸那么多专栏，有没有比较固定的“新作评介”？每年或每两年都有中文创作奖，有没有报纸约人写点专业一些的评论、总结、比较？对于艺术发展局的资助成果，有没有系统的文学角度的评论？

评论其实主要不是为了作家，而是为了读者。严家炎教授来岭南大学演讲，他像在北大一样，努力说服大学生，金庸的作品和鲁迅的一样是现实主义。其实香港大学生真的问题是为什么说鲁迅的作品比金庸的更好看。我一点也不担心香港流行文学的繁荣前景（香港的大学生已经对流行文化，尤其是电视缺乏批判意识）。我有时在想，如果中文系的学生也不读《素叶》，这是谁的错？

香港的文学爱好者可能学张爱玲的“华丽”比较容易，理解张爱玲的“悲凉”比较困难。

注释

①见 Frank Lentricchia & Thomas McLaughlin 编《文学批评术语》（*Critical Terms for Literary Study*），张京媛等译，香港：牛津大学出版社，1994 年，第 93 页。

文学中的上海、北京与香港①

阿忆：许教授，我知道您在东京的时候，在东京女子大学工作过。有一位网友，他让我首先问您个问题，以便让大家了解您的性情。这位网友是这么说的：早年看过您谈“五四”文学中的三个爱情模式，第一是书生拯救风尘女子，第二是书生创造新女性，第三是书生在纯洁的女性面前净化情欲。看过《锵锵三人行》的观众都知道，您好像除了很了解城市和城市文学以外，还非常了解城市女性，是不是这样？

许子东：还在继续学习。

阿忆：那我再问一些别的问题，让大家了解许教授的性情。听说您务过农，您农活干得好吗？

许子东：好，我是生产队副队长。我的腰就是那个时候插秧插坏的，插得好的人得往后蹲，腰特别酸，我插得好，在田里开头路，那时候不知道保护腰，现在腰就不行了。不过活干得很好。

阿忆：那后来您做轧钢工人，又做坏了什么？

许子东：做轧钢工人，得了气喘病，因为特别冷也特别热。不过学了很多东西。我就没能当兵，其他差不多都干过，不过也没做过领导干部。

阿忆：后来做学者呢？

许子东：做学者就伤了灵魂。

阿忆：啊，那怎么办呢？接下来，咱们就由这位灵魂受到伤害的许子东教授给我们演讲，报告的名字是《文学中的上海、北京与香港》。

研究城市文学，有三种方法。一种是社会学的，就是从文学去看社会的发展，我最近有个学生就是研究从老舍到王朔的语言变化，从其背后就看出北京城几十年的历史。第二种，是从风格流派、文学史角度去研究文学。北京有个学者吴福辉，研究海派文学，就是用这个方法。第三种方法，现在叫文化研究，是目前最流行的，就是把所有城市里看到的文学作品，广告、橱窗、电视画面，包括阿忆的衣服、话筒这些东西，都看作一个文本。有人研究电话簿，有人研究自动电梯，还有哈佛教授研究美国很多美食街。例如，食品广场的那些不同的分店的名称，来自什么国家的，对它做很多研究。现在研究得比较好的是李欧梵教授的《上海摩登》，这个是后现代的文化研究。

我的方法是第二种，但是我倒过来，我不是从城市的生态讲到作家心态，我是从作品文本倒过去讲城市的生态。这是我的方法。

讨论文学跟城市关系的时候，比如我们讨论京派和海派的时候，三个因素是一定要考虑的。第一，这个人是不是在这个城市生活，在这个城市写作；第二，他是不是描写这个城市；第三，他的作品是不是在这个城市发表，在这个城市出版，换句话说，他是不是在这个城市拥有固定的读者。可是实际上文学史的情况比较复杂，我举几个作品为例：曹禺的《日出》大家都看过，被认为是写上海十里洋场的很典型的戏剧，可是曹禺写的时候，人在北京、天津，他不是上海人，他只去过上海，一九三四年的时候，去过一个礼拜，在四马路转了一转。大家知道，四马路以书店跟妓院著名，对文学跟女人有研究的人，就去那个地方。他去了以后，又受到“阮玲玉事件”的刺激，这个作品在上海发表、在上海演，可是他后来在京派《大公报》得奖，所以他算是海派还是京派呢？

第二个例子，张恨水的《啼笑因缘》，这是个非常重要的鸳鸯蝴蝶派的作品。张恨水怎么写的？他写的时候在北京，北京的故事，可这是上海《新闻报》的主编严独鹤到北京来约稿，约他替上海的读者写的。换句话说，他是在北京写北京，但是写给上海人看。

第三个例子，张爱玲的《沉香屑·第一炉香》，写香港。现在被认为是香港文学的经典作品。可是她在哪里写的呢？在上海写的，而且她是用上海人的观点去写，是为上海人写作。

我举现代文学史上这几个例子，你们可以看到情况很复杂，就是在哪里写，写哪个城市，为哪个城市写，中间的关系非常复杂。妙的是，这三部很典型的都跟上海有关系的作品，其实讲的是同一个故事，即讲一个女人在城市里堕落。女人在城市里堕落，是城市文学的一个主题，我不能说是个永恒的主题，至少到目前为止，是一个非常常见的主题。可是这三部作品的写法很不一样。

《日出》里陈白露一出来已经堕落了，住在酒店里，穿昂贵的衣服，有几个有钱的男人养她。方达生，一个知识分子跑去要救她，她就说：“你能救我吗?”接下去，如果我们说，这个女人的堕落有一个过程的话，那么在《日出》前面的因是淡的，虚写的，我们只知道她是什么女校毕业，做过红舞女，做过影星，家庭出身很好，简单的几句话。但是我们看到她一步一步，最后拿着药片，这么年轻，这么美丽，外面号子一响，太阳出来了，可是她说太阳不是我们的，自杀了——这是她堕落的结果。

《啼笑因缘》既有她前面堕落的经过，又有她后面堕落的后果，跟《日出》就很不一样了。《日出》为什么要这样写，为什么要强调后果？《日出》没有向我们交代陈白露当时是如何从一个学生变为一个交际花，她自己有没有选择的权利？没有回答。所以，曹禺很同情这个女主人公，但怎么来证明她的心地善良呢？就是看窗外，外面结冰了，有一点冰花。“方达生，你看，有冰花”，这就证明一个人是善良的了。

《啼笑因缘》的女主角是一个唱大鼓的，叫凤喜，男主人公樊家树是一个书生，书生给了她一些钱，把她救出来，可是她碰上了一个更有钱的军阀。那个军阀用了各种方法把她弄去，大家明白这当然是一个堕落的关键。可是张恨水很有趣，就在那个瞬间，她的窗外，居然有几个会武功的人等着救她，就是关秀姑，就是樊家树的另外一个女朋友，他们等着，说万一他要对她怎么样，就进去救她。当然凤喜不知道外面有人救她。为什么要安排这么一个情节？就是说，女主人公她的堕落是自己选择的，她没有到了完全走投无路的地步，因此她后面就要付出代价。她后来发疯了，结局就很惨。张恨水说的，我不要让她死，死是太重了，她不过就是因为贪图虚荣。但是疯是必然的，要不然我不是教人以偷吗？你看，这个通俗小说既满足一般民众的白日梦，贫穷女子突然富贵，但同时又劝善惩恶。这是从“三言二拍”以来的传统，所有通俗小说的基本模式，张恨水掌握得很好。

第三部作品《沉香屑·第一炉香》，非常有意思。结尾在湾仔，已经堕落的葛薇龙看到街边有妓女，外国的水手向她丢花，她还不知道丢什么东西。旁边的乔琪，就是对她很不好的丈夫说，哎呀，他们把你当作街边的流莺了。葛薇龙回答：“我跟她们有什么区别呢？不过她们是被迫，我是自愿的。”接下来张爱玲有一段非常妙的意象描写：乔琪不说话了，一边开车一边抽烟，烟头在黑暗中闪了几下，然后就熄灭，短暂的一个灿烂。我一直觉得《沉香屑·第一炉香》好像《日出》的前半部，《日出》是《沉香屑·第一炉香》的后半部。《沉香屑·第一炉香》不是写她堕落的结果，堕落以后的事不写了，将来的惨况不写了，可是它告诉我们，她在堕落之前是怎么样一回事，就是一个普通人，怎么从合理的虚荣一步步走向一个荒唐的堕落。故事情节我不想多叙述，我只想强调有四次选择。

第一次选择，她到香港半山找到她的姑母，觉得姑母的生活方式不对，觉得姑母的家像半山的一个坟，可是她还是去了。在座的同学，我想问一下，如果你们突然到了旧金山，找到一个有钱的姑母，能够资助你在斯坦福或者加州大学伯克利分校读书，而且她也愿意资助，可是你一去她家，她家里太豪华了，全部是 Versace，整个生活方式有一点问题。哦，我没说 Versace 有问题啊，大家不要误解。然后，有多少同学会说这个资助我不要了，我回北京，请举手。一个都没有吗？

那也太……稍微有一两个表示一下。可是她很快就发现一个问题了。那姑妈很好，给她准备了一间很好、很漂亮的房间。大家要是记得小说的话，她打开衣橱是怎么样？什么衣服都有。她一件一件地试啊，试完以后，咣当一下坐在床上说："这跟长三堂子里买进一个人，有什么分别？""长三堂子"是上海的高级妓院，非常高级，进去不是必然卖身的。她明知道等于"长三堂子"，可她晚上做了一个梦，梦到衣服全绕住她。第二天早晨，她决定不走了，看看再说。这是第二次选择。要是你们也碰到这样的情况，也发现有这么多衣服，晚装、比基尼什么都有，发现你的处境有点类似于某种夜总会的角色，多少同学这个时候会回来？

（**阿忆：**这次举手的人多了，还有好多男同学也举手了。）

男生是这样，男生肯定举手，因为他们听到衣服本来就没兴趣。男生想一想，人家送你一辆法拉利，送你一辆宝马，回来不回来？

（**观众：**不回来。）

哎，这些男生，你看，变节快吧。刚才很多男生举手，一听说宝马就不回来了。不过女生有二分之一回来了，我刚才大概估计了一下。可是那个主人公很不幸，她没回来，她没从香港回上海。接下来，第三次选择。小说写得真精彩，一个暴风雨的晚上，在一辆车里，有一个叫司徒协的老头，送了一个手镯给她的姑妈。送完以后，在谈话间不提防的时候，“啪”一下，在葛薇龙手上也套上了一个。这手镯很贵的，这一套上，她当时就说像手铐一样，这一套上，葛薇龙就知道，她的培训期完了，接下来就要工作了。这个时候，接下来她就开始跟乔琪谈恋爱。这种时候多少同学想回来？就是有人突然把这样贵重的礼物送给你，而且你发现你是要付出代价了，这个时候有多少同学回来？差不多一半。

（**阿忆：**哎呀，还有另外一半怎么办？）

还有另外一半就到第四次选择了。所以说，小说好在哪里，作者就是把很多普通人都有的虚荣，一步一步很合理地推向你。大家知道，后来发生什么？她跟乔琪谈恋爱，她喜欢乔琪，可是乔琪马上就跟侍女调情。她要在乔琪的眼睛里看出他是否爱她，可是她看到乔琪戴的是太阳眼镜，在他的墨镜里，葛薇龙看到自己缩小的身影。大家看看张爱玲的这种意象描写，既是写实的，又是象征的。接下来，她应该走了，可是突然生病了，她说可能这个病是有意生的。最后，那一段写得非常妙：乔琪开着车，她在路边走，乔琪在路边给她赔不是，她不理，她责怪他，然后她一个人往前走，她以为乔琪会跟上来。乔琪趴在方向盘上，男人这一招很厉害，趴在方向盘上也不说话，也不跟上来。然后葛薇龙回头一看，只觉得整个背景像一张图片，什么是真？什么是假？这个就是作者一贯的逻辑。以后七巧也有类似的犹豫，白流苏也有类似的犹豫，爱就是这样。什么是真？什么是假？最后结局大家都知道，她帮男人找钱，帮姑妈找男人，大概是这样吧，反正就是堕落。

一个是戏剧，两个是小说，同一个故事，都市的故事，分别发生在上海、北京、香港，可是三种不同写法，产生了三种不同的意义。

《日出》的写法是忧国忧民，批判社会。正因为女主人公是无辜的，是值得同情的，所以整个悲剧是谁的错？社会的错，万恶的大上海，十里洋场。

整个《日出》可以说是用左派意识形态阶级分析的方法，批判上海十里洋场的各色人等，胡四、顾八奶奶、银行家，背后有个金八，下面有自杀的银行职工，一个文学版的中国社会各阶级分析。可是曹禺不单单只是从阶级分析角度写，他有一个站在北方中原大地这一乡土角度批判上海的立场，这个立场，就要靠第三幕来实现，就要靠有一颗金子一样的心的翠喜来实现。所以，虽是描写上海，《日出》本质上是一个京派的戏。

虽然《啼笑因缘》写在北京，可是却是一个典型的上海市民的白日梦。里边有三个人，第一，当初严独鹤去约稿的时候说，上海人要看武侠，所以有了关秀姑。第二，当时有一个唱戏的高翠兰被一个军阀旅长抢走，张恨水有点同情，又觉得这个事情有蹊跷，所以编出一个凤喜。里边最妙的，还有一个人叫何丽娜。她长得跟凤喜一样，美貌又虚荣，可是她有钱，买花就买很多，还会跳舞，可是她后来全改好了，对着那个书生百依百顺。为什么？因为这个小说后来在上海连载，每写一节，那边很多人排队在等，所以这个作品是上海小市民跟张恨水共同创造的。我一直在想，如果这个小说是在北京连载的话，最后那个男主角可能就选关秀姑了。北方人侠义，这个女的也漂亮，对不对？可是上海人他怕，有一个会武功的女朋友在旁边，他怕啊。凤喜又太贱。怎么着呢？他们就想象出（哪有这个可能），一个一买花就买几千块的女的，居然后来都住到西山去，为他清心寡欲。那就完全满足了上海小市民的欲望，所以这真是一个通俗文本。

当然，张爱玲就很不以为然，张爱玲不是为了满足人的梦，而是打破我们的梦的。所以，她是第三种。当然还有一个不同的地方，我想特别指出，不知大家注意没有，前面两个戏，都是女的堕落，都有一个男的在旁边痛苦地观看，这个男的是最让作者投入的。张爱玲不是，张爱玲从女人的角度去写，对不对？这是另外一个不同。

接下去，我们就要把话题往大的地方引申了。严格说这是三种广义的海派文学。《日出》是“上海批判”，《啼笑因缘》是“上海趣味”，或者说“上海梦”。张爱玲的这个我想不出名堂，只能叫它“上海解析”。其实这里边有点玩弄文字，“解析”跟“批判”跟“梦”界线都很微妙，只是让大家看到三部作品的区别。第一种的特点是批判城市，但是背靠乡土。中国现代文学里边，写上海的，甚至最热爱上海的像《上海狐步舞》，穆时英写的，这种作品都说“上海是造在地狱上的天堂”，都是持批判态度的。所以这种对上海的批判是阶级论和乡土论的结合。张恨水当然就是出于大部分民国读书人的阅读需要。张爱玲自己是都市人，是某种都市文化的自审、自嘲、自恋。

我们再放到现代文学史上去看这三部作品，看海派文学。简单地说，现代文学史的书写，从二十世纪五十年代到现在大概有这么三个阶段。第一个阶段是从王瑶最早的现代文学史起，差不多从二十世纪四十年代末到“文化大革命”，这个阶段有刘授松、张毕来、唐弢、严家炎、樊骏，很多人写，你们前些年读的基本教材都是这些。这些文学史为什么写呢？新中国成立以后，毛泽东说两条战线作战，一条是军事战线，一条是文化战线，功劳不得了。那我们要总结文化战线。

二十世纪八十年代情况变了，“文化大革命”的教训出来了，文学不能那么为政治服务。所以那个时候的现代文学史，就正好相反，前面是找为政治服务的作家，八十年代以后大家就特别去寻找那些不那么为政治服务的作家，就是忠于艺术、忠于个性的作家。

九十年代呢，现代文学史出现两个新问题，第一个是怎么回答全国那么多人看金庸？记得那时候，作家刘宾雁到上海开会，发言的时候说：“我在上海的弄堂四处走，到处听到《霍元甲》的主题歌，我心痛。”我说你干什么心痛？他说我们革命这么多年，推行革命文学这么多年，难道人民群众喜闻乐见的就是这个吗？因为革命文学从《在延安文艺座谈会上的讲话》以来，大家就追求一条：我们要写得好，同时要有越多的人看。几十年以后，他们发现，在座那么多的人——我不知道你们多少人看金庸、古龙、李碧华等等，内地现在有池莉、王朔等等——这种强大的文学现象放回来，使得我们必须重新回头看鸳鸯蝴蝶派，重新回头看张恨水。

另外还有一个情况。现代文学史本来是写到一九四九年的，如果写到一九四九年，张爱玲跟钱锺书只是现代文学史尾段的小小异数。可是问题是，现在我们把视线一拉开，哦，不是一九四九年，有二十世纪中国文学这一说，黄子平他们提出这个概念。一考虑后五十年，张爱玲就不只是一个异数了。我们马上就发现，后面有白先勇、钟晓阳、黄碧云、王安忆、苏童、朱天文，有一大堆都市文学的发展脉络。张爱玲这个传统，就变成要重新看待了。从这个意义上说，我们发现原来讲的海派的传统，就出现了几重多义性。

所以，后五十年，尤其是海外中国文学的版图一变化，整个中国文学的大的二十世纪的文学线索就发生了变化。不过我这个观点，肯定有听众不同意，特别是知识分子。国内的知识分子对近年的张爱玲热其实是有一点反感的，为什么？

一是他们觉得俗，觉得张爱玲俗；二是他们觉得有意识形态背景，就是觉得以前踩这些作家有意识形态影响，现在抬他们也有意识形态因素。客观来说，关于张爱玲的作品，这就回到刚才阿忆问的这个问题了，到底有些什么特别的地方？我想讲三点：

第一，她的意象、她的写法，是以实写虚的。

我举几个例子会比较清楚。现代作家意象用得最好的，有三个作家。一是鲁迅，鲁迅的意象是一针见血、结构性的。比方《药》，大家想一想这个《药》，看完作品以后，越琢磨这个“药”字越意味深长。还有《祝福》，结尾的时候，这样悲惨的情况，他却来祝福。还有《阿Q正传》，你们知道那个阿Q，一个尾巴，一个辫子，没眼睛，没嘴巴，这是周作人的解读。除了鲁迅以外，钱锺书跟张爱玲的意象文字，都是非常了不起的，但是他们两个人的方法很不一样，次序相反。我读一段文字，因为我这个人不能抽象讲理论，一定要结合文本。钱锺书说：“沈太太的嘴唇涂的浓胭脂给唾沫带进了嘴，把黯黄崎岖的牙齿染道红痕，血淋淋的像侦探小说里的谋杀案的线索……”张爱玲怎么写？在《色·戒》里：“她又看了看表。一种失败的预感，像丝袜上的一道裂痕，阴凉的在腿肚子上悄悄往上爬。”大家看到她的这个意象没有？他们两个人是倒过来的。张爱玲是把一种感觉用一个物质的东西来形容，而钱锺书是跟我们一般人的方向一样的，是把一个现象用一个外在抽象的东西去比喻。就是说，钱锺书是用抽象形容具象，张爱玲是用具象形容抽象。归根结底，我看作家，说一句实话，什么时代、政治、思想，到后来我都不看，最重要的是语言。要是他语言都不能抓住我的话，这个作家，是经不起久看的，只能看一遍的。而张爱玲这个语言背后，结果分析原因，有很简单的原因，比方说她家曾有钱，是没落贵族，她真的喜欢很多实物，她真的有过这么多东西——一个青瓷杯，什么银碗，什么首饰，她都有。

但是第二个才是很重要的原因。张爱玲说过一句话，我引这句话之前，想问问你们，看她说得准不准。在座多少同学是先在电影里看到海，然后才看到真的海？大部分观众举了手。在座多少同学是先在电影里看到 kiss，然后才自己 kiss？举手的比较少嘛。他们都先自己 kiss 的。哦，厉害嘛。这两句话都不是我说的，都是张爱玲说的。她说，这是都市人的特点。什么意思？就是都市人接触这个世界，先是第二性的、物化的，然后才是世界自然的本原。所以都市人的感觉影响都市文学。这就牵扯我们今天要讲的正题上了，就是这三个城市文学的一些基本特点。当然，她从这一点出发，背后有很多可以引申：什么是真的？什么是假的？而且为什么世界是荒凉的？可是她还留恋华丽的小东西。她在文学史上的突破，这只是第一个。

第二个，就是先前讲的，“五四”的作家写爱情，基本有一个模式——这不是我研究的，是别人研究的——就是男的去救一个风尘女子；或者男的自己有问题了，被风尘女子救；或者去创造一个女子，如茅盾的《创造》。一个共同的特点是男的都是读书人，不能是有钱人，有钱人如《子夜》中吴荪甫只会强奸女佣。你们有没有看到资本家谈恋爱？在现代文学里很少。工人不行，工人、农民谈起来，要么就是“吴妈我跟你困觉”，要么就是《春蚕》里多多头在女人腿上捏一把。没看到过劳工恋爱的，描写的不多，谈恋爱的全是读书人。因为小说都是读书人写的，事实当然不是这样，各阶层都谈恋爱。“五四”文学就是这么写。那些男人都特别多愁善感。但是重要的是，这些男的精神境界很丰富，女的都一个样，玉洁冰清，都长得漂亮，我没看到他们说长得特别不漂亮的，很少，而且都良心很好，虽然处境已经堕落了，可是心地是很纯洁的。

张爱玲的《倾城之恋》，我第一次读时真不喜欢，我觉得是很俗套的一个故事，后来才发现《倾城之恋》里有双重颠覆。颠覆在哪里？颠覆在于以前的爱情小说模式里，一男一女好，然后有一个社会在反对他们，梁山伯、祝英台，罗密欧、朱丽叶，子君、涓生，郁达夫跟他的女主角，都是两个人非常好，两个人之间没问题，然后社会压力、父母、环境，贴在玻璃窗上的塌鼻子、雪花膏们，所有这些人反对，他们跟社会作战。

到了《倾城之恋》，你们发现了吗？没有人反对他们。战争发生在什么地方？两人之间。从此，爱情故事变成了男女战争。今天你去看香港、台湾的小说，哪里谈爱情啊？哪里都在打仗、揣摩、猜测，你一句来，我一句去。有篇香港小说写得非常好，一个男的是公司的经理，请一女秘书下班坐他的车，前前后后坐了很多次，到最后手都没碰过，可是最后的心理斗争写得精彩绝伦、惊心动魄。由此，你们看到《倾城之恋》的颠覆作用。意象、都市性、爱情模式的转变，当然更重要的是张爱玲作品背后的小市民史观。谁说张爱玲不关心政治，她挑战"五四"主流。傅雷当时就写文章批评她，说她的《金锁记》好，其他的俗，她就写了篇《自己的文章》来辩护。她说像鲁迅这样，是超人的文学，可我写的是常人，是"社会的妇人性"。

最后，我想跳到二十世纪末，跳到我们编的书里。二十世纪九十年代有百位评论家选了十部最佳作品，作者分别是王安忆、余华、史铁生、张承志、张玮、贾平凹、余秋雨、韩少功。忘了还有谁，我只记住了这几个。选出来了以后，大家发现了几个问题，你们看看是否有问题。第一，王蒙、张洁、张贤亮这一代的人全没了，我觉得不太公平。从中国文学发展，一代一代这样挑战，我觉得不太公平。第二，二十世纪九十年代的新新人类全没有，不要说新新人类，就是像朱文、韩东他们这一批也没有。通俗作家一个都没有，王朔、池莉也没有。第三，小说为主，只有余秋雨一个散文家，诗歌没有。第四，男女比例失调，只有一个王安忆，九个男的，还全都是我们知青辈的，很多都是我的朋友。第五，只有王安忆的《长恨歌》是写都市的。今天中国的主流文学，是写“北方大地”的，包括很多得奖的。这是今天的情况。

我为了做这个讲座，又把最近几部我认为最重要的作品看了，写都市的，或者广义一点写城镇的也算，我把《废都》也算进去了，《废都》是写小城市的。《长恨歌》《废都》，香港作家黄碧云的

《失城》，还有朱天心的《古都》，放在一起读，发现它们又都在讲同一个故事，堕落的故事。而这次还不单是女人堕落了，不是说男人看着女人堕落了，这次有很多就是写男人堕落，比如说《废都》就是写男人堕落。《失城》呢，整个城市的堕落。《长恨歌》是什么堕落呢？很难讲，表面上好像城市复兴了，可是最后那个上海小姐被一个非常粗鄙的新兴资产阶级暴发户杀掉了，很多人解读说王安忆这里边有一种预告，今天上海在“伪造”二十世纪三十年代的上海，其实有很大的危险性。有人这样来解读，我不一定同意那么意识形态地来解读。

还有一部《古都》是写台北，写台北残留日据时代的一些影子。写得非常好，比较复杂，很难用一句话概括，推荐大家去看，但也是写“堕落”。我看完以后就在想，怎么回事呢？我们的城市是越来越漂亮了，楼越来越高了，人也越来越光鲜靓丽了，设备越来越好了，我们的城市文明也一天天发展了，主旋律、副旋律、交响乐都很发达了。为什么这些作家笔下“堕落”却成为都市文学一个挥之不去的主题呢？再讲深一点，到底是出自“乡土”的安身立命的价值观、立脚点，觉得“乡土”的东西到了都市就会“堕落”呢？还是说某些“乡土”的东西使得中国的都市必然“堕落”呢？我没有答案，我只提出问题，这跟我平常上课一样，大家一起思考。

我就讲到这里。谢谢大家。

注释

①本篇为在凤凰卫视《世纪大讲堂》的讲座。